PAULA GONU

De (casi) todo se aprende

mr

Edición y fijación del texto: Paula Gonu y Beatriz Lizana

Ediciones Martínez Roca, sello editorial de Editorial Planeta, S. A.
Avda. Diagonal, 662-664
08034 Barcelona
www.mrediciones.com
www.planetadelibros.com

Ilustraciones de interior: Mónica Loya
Diseño de interior: María Pitironte

Primera edición: marzo, 2018
Segunda edición: abril, 2018
ISBN: 978-84-270-4415-9
Depósito legal: B. 2.488-2018
Preimpresión: Safekat, S. L.
Impresión: Huertas, S. A.
Printed in Spain-Impreso en España

El papel utilizado para la impresión de este libro es cien por cien libre de cloro y está calificado como papel ecológico.

ÍNDICE

A las dos estrellas que más brillan

ANTES DE EMPEZAR

Espera, porque con el «antes de empezar» ya estoy empezando... Jolín, es lo mismo que me pasa en YouTube.

«Pero esperad, antes de empezar con el vídeo quiero deciros...», y el vídeo ya ha empezado hace dos minutos.

Ok, sí, me estoy enrollando...

Al lío:

Mi madre siempre me ha dicho que los libros hay que mantenerlos intactos. Y la verdad es que yo siempre lo he intentado. Me encanta el olor a libro nuevo y también el de uno viejo. En el colegio siempre me miraban raro cuando metía la cabeza entre las páginas para olerlas, aunque siempre encontraba a alguien con la misma manía.

Me acuerdo muy bien de los libros que he leído a lo largo de mi vida, como si fuesen películas. Y recuerdo que, cuando me gustaban, los devoraba. Estaba horas en la cama leyendo hasta que me dolían los ojos. Si tenía que ir a algún sitio, apoyaba el libro en el escritorio para seguir leyendo mientras me vestía. Leía por la calle y solo levantaba la cabeza si tenía que cruzar. Recuerdo que, cuando me quedaban pocas páginas, intentaba retrasar el momento de leerlas al máximo. Había historias que no quería que acabasen nunca. Porque, cuando terminaban, yo sentía que me faltaba algo.

Por todos esos buenos momentos junto a los libros, siento una ilusión enorme por saber que este llevará mi nombre. Me hace muy feliz pensar que ahora mismo está en tus manos, en tu escritorio o donde sea... Pero que lo estás leyendo.

Entre estas páginas encontrarás las principales anécdotas de mi vida. Esas que me han hecho ser como soy ahora, esas que he ido coleccionando en diversos diarios y a día de hoy dan forma a este libro. Te invito a que lo manosees sin piedad. Subráyalo, haz anotaciones en los bordes, dóblale las esquinas...

Y sí, como os he contado, mi madre siempre me ha dicho que los libros hay que mantenerlos intactos y yo siempre lo he intentado. Pero quiero que con este hagas todo lo contrario. Eso significará que lo has llevado contigo a todas partes.

Un día sentí la necesidad de expresarme fuera de las redes sociales, sin límites de tiempo y haciendo algo que hace mucho dejé de hacer: escribir. Nunca lo hice fuera de mis diarios, esos que tengo desde los catorce años, pero siento que esto puede ser un pequeño resumen de todos ellos y creo que así vas a poder saber mucho más sobre mí.

La Paula que tú conoces nació en Instagram y creció en YouTube, pero este libro trata sobre la Paula que no conoces, esa que no quería hacerse fotos y guardaba sus vídeos para ella.

Aquí hablaré sobre temas universales que todos tenemos en común: el amor, la muerte, la familia, la vergüenza, la amistad... Me considero una persona muy observadora. En la calle, en el transporte público y en cualquier lugar donde esté esperando, me encanta observar a las personas e imaginarme sus supuestas vidas. Me fascina la idea de pensar que no todos somos lo que otros pueden creer. Que todos tenemos una historia, infinitas, en realidad. Que todos podríamos hacer un libro de nuestras experiencias y cada anécdota sería única.

Porque no todo es lo que vivimos, sino cómo lo hacemos…

Y, por eso, quiero compartir algunos trocitos de mi historia con vosotros, los que me habéis ayudado a crecer en esta última etapa, sobre todo a nivel personal. Me hace especialmente feliz pensar que con este libro tú podrás tocar mis propios pensamientos y emociones. Confío en que, cuando lo acabes, tengas una imagen más personal y cercana de mí. Y, si alguna vez veo este mismo libro lleno de anotaciones y dobleces, entonces entenderé que lo disfrutaste como yo esperaba.

Por cierto, de vez en cuando, irás encontrando espacios en blanco. Quiero que en ellos escribas o reflejes lo que piensas. Que en un futuro, puedas abrir este libro y leer lo que pasaba por tu cabeza años atrás.

Entre todas las historias que vas a leer, aparecen muchísimos personajes. Algunos más importantes que otros. Unos menos responsables y otros más culpables. De cualquier forma, sé que habrá quien te recuerde a alguien en tu vida. Que tú mismo te sentirás identificado con alguno de ellos. Y conmigo, seguramente conmigo también. Habrá anécdotas (o partes de ellas) que pensarás haberlas vivido antes y otras que te resultarán de lo más extrañas. En esos momentos en los que pienses «¡wtf!» y empieces a recordar o reflexionar, estarás haciendo que escribir este libro haya valido la pena. Así que, antes de empezar:

Gracias

PAULA

Espera, ¿cómo se supone que se empieza a escribir un libro?

«Hola, me llamo Paula y de toda la vida he vivido en Cornellá, una ciudad de la provincia de Barcelona. Mi madre se llama Teresa, mi padre Manolo y mi hermano Víctor. El día en que nací...». A ver, que acabo de empezar y ya siento que me estoy enrollando demasiado.

«No hace mucho me abrí una cuenta de Instagram y esto me ha cambiado la vida de arriba abajo...». Tampoco, me he flipado.

De verdad, esto de escribir un libro es algo que nunca hubiese imaginado, y ¡no sé por dónde ni cómo empezar! Además, pensándolo bien, escribiendo esto voy a desaprovechar un montón de historias que podría contar en vídeos de YouTube a modo de #*storytimes*... Y creo que me resultaría más fácil, la verdad. Está claro que me defiendo mejor enfrentándome a una cámara que a un papel en blanco. Para mí esto es todo un reto...

«Pero ¿qué te pasa en la cabeza?».

Eso es lo que le hubiese preguntado a la persona que hace unos años me hubiese dicho:

«Paula, en el 2018 publicarás un libro».

Así que, en honor a la Paula del pasado, acepto el reto.

Volvamos al lío, que me estoy desviando del tema.

He nacido en Cornellá y, tras abrirme la cuenta de Instagram, me ha cambiado la vida de arriba abajo. Eso es cierto, pero...

¿Qué hay entremedias de todo eso? ¿Qué hay entre la Paula que era niña y la chica que soy ahora? ¿Por qué estoy escribiendo esto y por qué tú lo estás leyendo? No tengo respuestas claras, pero estoy segura de que los dos, tú y yo, vamos a aprender muchas cosas con este libro.

Seleccionaré las historias más relevantes de mi vida. No por su grandeza o gravedad, sino por lo mucho que las recuerdo aún a día de hoy por insignificantes que pudiesen parecer en el momento en que sucedieron. Ojalá saques tus propias conclusiones de todo esto.

¿Listos?

Empezaré contando que yo era una niña grande, porque el principio de esta historia es físico. La más alta de la clase. A veces me gustaba ser así, sobre todo cuando estaba rodeada de adultos que me decían lo mucho que estaba creciendo; otras veces no tanto, cuando me sentía como una gigante. Suerte que cuando tocó pegar el estirón los demás compañeros me alcanzaron rápido. Pero entonces empecé a desarrollar mucho músculo porque hice mucho deporte durante toda mi infancia y adolescencia: baloncesto, baile, voleibol...

Hice tanto deporte que se me pusieron unas piernas muy fibrosas, de las que no estaba nada orgullosa. Tampoco me gustaban mis pies, creía que eran horribles. En invierno ni me acordaba de ellos, pero en verano tenía que esconderlos entre la arena de la playa y, a veces, me ponía una toalla por encima porque, para colmo de males, me salieron pelitos muy pronto y mi madre no me dejaba depilarme. También me veía los gemelos demasiado grandes. Aun así, no dejé de practicar deporte..., ni de comer. En mi familia siempre he tenido fama de comer mucho.

«Esta está con el aperitivo, aún tiene que empezar a comer de verdad».

Es la broma que todos mis primos me hacían cuando yo ya estaba por el postre. Y yo me reía. En casa comía medianamente bien porque me acostumbraron a que la mayoría de bollería o comida basura era solo para ocasiones especiales, como cumpleaños o esas cosas. Pero en el colegio, en cuanto tuve acceso a comprarme mi propia comida en la cafetería, no presté ninguna atención a lo que me llevaba a la boca. Todo me valía. Y, como siempre tenía hambre, no había día que no me acabase mi almuerzo y medio bocadillo de otra persona. Recuerdo a una chica de clase que comía muy pero que muy poquito y lento. Cuando yo terminaba mi bocadillo, ella siempre me daba la mitad del suyo porque ya no quería más y yo aún tenía espacio infinito.

Pasaron muchas cosas y muchas personas entremedias, ya lo irás descubriendo poco a poco. El caso es que a los diecisiete años empecé a cuidar más la alimentación. Nadie me dijo explícitamente nada acerca de mi físico, pero sabía que teniendo cuidado con la comida podría conseguir una figura más estilizada y menos musculosa. Así que comencé a leer un montón sobre dietas, ayunos y mil milagros para conseguir el objetivo que me había propuesto. Dejé de comer tanto pan y tomaba más fruta. Hasta aquí, todo transcurría sin demasiado problema.

No sé por qué motivo estoy empezando el libro hablando de comida, pero ese es el orden que ha marcado mi subconsciente, así que supongo que por algo será. A ver a dónde me lleva...

Con la universidad comencé a ir al gimnasio. Seguía con una rutina deportiva y alimenticia más o menos sana, hasta que en segundo sucedió algo en mi vida que me hizo cambiar en varios aspectos. El primer cambio fue que, después de dejar una relación complicada, empecé a salir con mi segundo novio, que me sugirió que me abriese una cuenta de Instagram. El segundo cambio fue en mi cuerpo. Yo había perdido diez quilos en diez días durante un viaje y, cuando regresé a casa, quise mantenerme así de estilizada, pero con más fuerza, así que me obsesioné con el yoga, con hacer posturas complicadas. Me obsesioné mucho, demasiado, y además intentaba buscar la fotografía perfecta para luego subirla a esa red social.

Un tiempo más tarde me di cuenta de que era ofensivo que yo estuviera obsesionada con mi físico. Comprendí que esta actitud mía era una chiquillada, que la historia que yo quería contar era otra, no tan física ni perfecta. Pero para entonces, estaba siendo seguida por mucha gente por las fotos que no dejaba de publicar en bikini o con ropa de deporte.

Paradójicamente, hubo un momento en el que me dio rabia que tanta gente me siguiera por colgar aquellas fotos. En realidad, no hay nada malo en ello, pues todo el mundo tiene derecho a subir lo que le apetezca, pero en mi caso representaba demasiado lo que yo tenía en la cabeza en ese momento. Y eso significaba que no era bueno. Ni física ni mentalmente. Me pasaba el tiempo pensando en quilos y calorías. Mi diario en aquella época estaba lleno de números, recetas y prohibiciones.

Me di cuenta de que estaba dando una imagen muy superficial de mí misma y lo notaba por el tipo de preguntas que me hacían: ¿qué te haces en el pelo?, ¿cuál es tu rutina deportiva?, ¿qué comes?...

¿Eso era yo?

Me avergonzaba que las niñas me imitasen solo para ponerse bikinis, broncearse o cuidarse el pelo. No me gustaba la imagen que estaba dando porque en mi cabeza tenía muchas otras cosas para aportar, así que decidí mostrarme natural y contar mi día a día.

Preferí mostrar que hay una vida detrás. Y precisamente gracias a este cambio, las redes sociales me han ayudado mucho. Principalmente a ver que la gente me valora porque les aporto algo con mis experiencias, por poco que sea, o se sienten identificados por las cosas que me pasan, a veces buenas y otras malas. Dejé de obsesionarme con la alimentación y comencé a pensar en ideas, a desarrollar mi creatividad e imaginación. Por eso empezaron a conocerme a mí, mi yo verdadero.

La historia continúa en el resto del libro, donde te cuento mi vida en gajos. Son pequeñas porciones de gente y de lugares que han tenido mucha influencia en mí, que me han hecho reflexionar y aprender. Algunas historias son tristes y con otras sonreirás... Aunque, si hay algo de lo que no tengo duda, es de que traspasan más allá de lo físico para llegar a lo más hondo, de mí y de ti.

Capítulo 1

UN SIDECAR Y MI AMIGA DEL SAHARA

Si hay algo que me ha enamorado de los libros que más me han gustado a lo largo de toda mi vida es la facilidad con la que quienes los escriben te transportan a lugares que nunca has visto, en los que nunca has estado.

Pero partamos de la base de que yo no estoy a la altura de quienes escribieron esos libros, ni mucho menos. Y seamos sinceros: ahora mismo estás leyendo estas páginas con el móvil en la otra mano. Si no, seguro que no lo tienes muy lejos. Y, si no es el móvil, es el ordenador.

De cualquier forma, quiero que busques «Covarrubias, Burgos» en internet y vayas a «imágenes». Cuando tengas eso en mente, sigue leyendo.

Se abre el telón y aparece una imagen de Covarrubias, un pueblecito de Burgos. Se ve la iglesia, muchas casas antiguas de piedra y madera y el puente, con un río que lleva bastante más agua que ahora. Se nota que la imagen es antigua porque de la casa de al lado del puente salen mi abuelo y mi abuela maternos, muy jóvenes. Se nota por eso y porque lo que parece un filtro *vintage* no es ningún filtro. Él se llama Eliseo, lleva una típica boina negra y los pantalones bien arriba, atados por unos tirantes para que no caigan. Camina hacia el monte, parece que va a cuidar de las ovejas. Ella se llama Teresa y lleva un vestido y una cesta debajo del brazo. En la siguiente escena se ve el interior de la casa, con vigas de madera muy antiguas, paredes desiguales y una bodega en el sótano. Parece una casa de muñecas.

Se cierra el telón, porque tuvieron ocho hijos y poco a poco fueron emigrando a Cataluña en busca de una vida mejor para todos. Pero en mi cabeza queda esa imagen de la casa a la que yo misma he ido cada verano a pasar unos días y donde me he sentido en total libertad... Esa casa era la de mis abuelos maternos, y durante muchos veranos todos sus hijos y nietos estuvieron yendo a pasar unos días para estar todos juntos, yo incluida.

Mi abuela Teresa murió de cáncer de mama antes de que yo naciera, aunque me da la sensación de que llegué a conocerla de verdad por la cantidad de anécdotas que he escuchado de ella. Era una mujer de carácter fuerte. La matriarca, la voz cantante de la familia, la que se encargaba de todos. Y siempre estaba haciendo bromas. De hecho, este carácter tan peculiar lo han ido heredando algunos miembros de la familia y lo han llamado, de forma cariñosa, «el pedigrí».

Me gustaba pasar las tardes enteras escuchando a mis tíos contar historias de cuando eran pequeños y se la liaban a mi abuela. Yo he visto muy pocas fotos de ella, pero han sabido describirme tan bien los detalles de esas anécdotas que tengo una imagen bastante nítida de su persona. Así me pasaba con esos lugares a los que nunca había ido pero que tan bien me describían en esos libros.

Mi mejor amiga de Covarrubias

Una tarde de aquellas, siendo yo aún bastante pequeña e hija única, los dejé en casa con sus historias y me fui sola a darle de comer a los patos. No había problema por ir sin adultos, en realidad todos los vecinos cuidaban de los niños que había en la calle. Así que me fui al río a entretenerme un rato.

Si sigues con el móvil o el ordenador a mano, busca «Covarrubias puente río». Ahí es donde yo bajaba para encontrarme con mis amigos los patos.

Pero ese día no estaba sola. Había una niña negra que tendría más o menos mi misma edad. Pero no hablaba mi mismo idioma.

No tardamos ni cinco minutos en hacernos amigas.

Me pasé el resto de mis vacaciones jugando por las calles de Covarrubias con ella. Alguien del pueblo tenía una bicicleta preciosa con sidecar, un modelo muy antiguo y bien cuidado que dejaba aparcado y sin atar justo al lado de un bar. Supongo que sería mi madre quien preguntase si mi nueva amiga y yo podíamos llevárnosla de vez en cuando. Por supuesto que no hubo ningún problema, así que estábamos todo el día bicicleta arriba, bicicleta abajo. Cuando nos cansábamos de dar vueltas, la dejábamos apoyada en su lugar de origen. Pasearnos en bici era nuestro pasatiempo favorito, pero a mí lo que más me gustaba de todo aquello era que tenía una nueva amiga con la que ni siquiera compartía el idioma y a cuyos padres no conocía.

Mi madre no tardó en averiguar que la niña era del Sahara y que una familia del pueblo la tenía en acogida. No hablaba castellano, pero no importaba. Estábamos en esa época en la que nos comunicábamos sin necesidad de entendernos con el lenguaje. Quizás porque en ese momento no era tan importante lo que decíamos, sino lo que hacíamos y transmitíamos. Jugábamos y reíamos y con eso éramos felices.

Los días que pasamos juntas conseguí descifrar que, en el Sahara, ella vivía en una tienda de campaña en una aldea, que hacía calor y que tenía muchos hermanos. Muchísimos.

Aquellas vacaciones me fui de Covarrubias dando por hecho que volvería a verla, pero al siguiente verano ya no estaba allí. Ni siquiera me acuerdo bien del nombre, que sonaba algo así como «Hetch». Me he vuelto a acordar de ella en diversas ocasiones, años más tarde. ¿Qué habrá sido de esa niña? Recuerdo que fue mi mejor amiga de aquella época y sin embargo no sabía nada de ella. A mí me hacía ilusión conocer a los padres y hermanos de mis amigas de Cornellá, pero detrás de ella había un vacío que se me hacía muy extraño.

Tomé consciencia de que había un mundo más allá de mi casa en Cornellá o de Covarrubias, que era lo único que conocía hasta entonces. Me di cuenta de que había gente en otras situaciones diferentes a la mía, que necesitaban de alguien que les acogiera aquí. Pero a la vez, me daba pena pensar que a Hetch quizás nunca nadie más la volvería a acoger. Apenas habíamos compartido unos días de verano y yo la echaba de menos.

Unos años más tarde, cuando descubrí Google, intenté buscar información por internet. «Hetch Sahara», escribía. No es que la quisiera buscar realmente a ella, quería saber qué vida llevaba. Por eso, también buscaba «estilo de vida en el Sahara» o «tiendas de campaña Sahara».

Nunca llegué a dar con su pueblo de origen. Pero siempre recordaré a «Hetch» como la persona con la que descubrí el sidecar y aprendí a reírme y entender sin compartir un mismo idioma.

Y aprendí...

- Que con el lenguaje corporal y con mucho cariño podemos sacar cosas buenas los unos de los otros. Éramos dos niñas que vivíamos el momento y nos comunicábamos como podíamos, porque queríamos y así lo sentíamos.

- Con esta amiga fui consciente de que hay otras culturas aparte de la nuestra. Aunque no es suficiente con saber que existen otros pueblos, hay que buscar más allá de esa primera capa. Es necesario tener el interés por saber qué pasa en esos otros lugares. Esto lo aprendería años más tarde, viajando. Llegarás a eso si sigues leyendo.

- A localizar Covarrubias como parte de mis orígenes. Aunque mi padre es de Barcelona y yo también nací en esta provincia, es importante saber de dónde provienen los tuyos. Aunque solo sea por curiosidad.

Capítulo 2

Y DE REPENTE TENGO UN HERMANO

Pues sí, como te he contado unas páginas atrás, mi madre es la menor de ocho hermanos y, además, la única mujer… ¿Tú te imaginas cómo debe ser una casa con tanto niño? Hoy en día es tan raro ver familias tan numerosas que me cuesta pensar cómo era la situación en casa de mis abuelos, pero estoy segura de que debía de ser un *show*. Ya me los imagino haciendo trastadas, cuidándose los unos a los otros, por supuesto peleándose de vez en cuando..., pero, sobre todo, queriéndose mucho.

Vivir en un ambiente así tuvo que marcar mucho a mi madre. Por eso, ella siempre tuvo claro que tendría una familia con varios hijos. Primero llegué yo y, tras varios intentos y un par de abortos, tuvo que descartar la vía natural. Yo tenía cinco años cuando mi madre supo que no podría darme un hermano biológico, pero en cuanto se recompuso, investigó otras opciones y decidió, junto a mi padre, adoptar un hijo.

Además, alguien tendría la oportunidad de vivir una vida mejor.

Pasaron tres años desde que comenzaron el proceso. Habían elegido el país donde irían a por su futuro hijo, Ucrania, y sabían que sería alguien menor que yo. Pero no de qué edad exactamente, ni siquiera si sería chico o chica. Nos daba igual, con tal de hacer crecer la familia. De aquella época recuerdo las entrevistas con los psicólogos y una visita al piso (nuestro piso) de gente extraña que observaba mi casa con lupa… Querían conocer hasta la habitación donde iba a dormir el niño o la niña.

El día que mis padres por fin se marcharon a Ucrania fue importante para mí, no solo por lo que representaba aquel viaje, sino porque era la primera vez que estaría tanto tiempo sin ellos. No sabían cuánto iban a estar fuera, si un mes o una semana, así que se fueron con las maletas llenas de ropa e ilusión por encontrar a su hijo. Ahora que lo veo desde la distancia apenas fueron unos días, pero cuando eres tan pequeño la noción del tiempo es distinta, y más si estás esperando a que vengan con tu hermano bajo el brazo. Para mí fue una eternidad. Pero no podía estar mejor acompañada.

Me quedé en casa de una tía, mi tía Albi, y todo aquello me parecía raro a la vez que emocionante. Llevaba mucho tiempo sabiendo que podría tener un hermano y, por fin, a mis once años, llegaría a casa.

El *embarazo* no fueron nada más que papeleos, no hubo una barriga que creciese durante nueve meses ni ninguna patada que sentir durante la espera. No pude dar besos a mi hermano durante esas semanas ni ponerle música. Pero le hablaba. Le hablaba por las noches sin saber si iba a ser chico o chica, sin saber siquiera si ya estaría en la tripa de su madre biológica o todavía no. Le hablaba antes de ir a dormir.

«Mamá es un poco impaciente y papá es muy pesado, pero te van a querer mucho».

Y acababa siempre diciendo:

«Aquí te estamos esperando desde hace tiempo, te queremos».

Aun así, fue muy emocionante esperar cada día la llamada de mis padres con las últimas noticias. Nos escribían o nos telefoneaban a diario explicando las novedades, hasta que un día, de repente, enviaron una foto.

«Paula, esa eres tú de pequeña».

Todos mis primos y mis tíos dieron por hecho que aquello se

trataba de una broma de mi madre. ¿Recordáis el pedigrí de mi abuela? Mi madre tiene ese pedigrí y por eso todo el mundo creyó que estaba intentando timarnos con una foto mía. El aspecto era muy parecido: mismo color de ojos, mismos mofletes. Pero mi madre, en ese momento, no estaba haciendo uso del pedigrí.

¡La persona que aparecía en la foto era mi hermano!

Yo empecé a saltar de alegría. No podía creerlo. Todavía no era oficial, pero cada vez estaba más cerca de poder decir «soy Paula y tengo un hermanito». ¡Llevaba tantísimo tiempo deseándolo! Y los abortos de mi madre casi habían acabado con nuestra ilusión, pero la adopción nos hizo recuperar esa esperanza.

Ellos llegaron a Ucrania el 8 de abril de 2004 y ha sido uno de los casos de adopción más rápidos que conocemos, pues el 25 ya estaban los tres de vuelta. Pero rebobinemos. ¿Qué pasó cuando llegaron a ese país?

En el Centro de Adopciones de Kiev (donde no había niños, porque es el organismo oficial) les asignaron una ficha. Les leyeron lo que sabían en relación al niño, les enseñaron una foto de hacía meses y entonces se desplazaron a la ciudad donde estaba el orfanato. Al llegar allí con toda la documentación, mis padres estaban autorizados para verle según las horas estipuladas por el centro.

A aquel niño le llamaban Vadiuska, el diminutivo de Vadim, y era muy pequeñito, con el pelo rubio y los ojos castaños. Enseguida se encariñaron con él.

Al parecer, en Ucrania había una ley que decía que solo podían darse en adopción los niños que permaneciesen en un orfanato doce meses seguidos sin que nadie los hubiese reclamado. A veces pasaba que las familias muy pobres dejaban a sus hijos allí porque no tenían recursos y, cada cierto tiempo, algún familiar los visitaba para que el niño no pudiese ser adoptado y se quedase cerca de los suyos. Pero sin poder salir de allí. A mí, sinceramente, me parece un poco egoísta, pues no estás criando a tu propio hijo y, sin embargo, tampoco le estás dando la oportunidad de que se pueda desarrollar en otro ambiente. Pero es un tema demasiado complicado como para que tú o yo podamos entenderlo sin haberlo vivido…

Un orfanato, al menos el que vieron mis padres, es un entorno frío y los niños no están atendidos en las mejores condiciones. Una vez allí, se encontraron con un edificio con una habitación muy grande llena de cunas que tenían juguetes atados en los barrotes, y a pesar de que había bastantes niños, no había mucho ruido. Era un silencio extraño porque lo normal es que los niños lloren para llamar la atención y que alguien los consuele. Sin embargo, debían de estar tan hartos de que no les hiciesen caso que preferían callarse, incluso había algunos que se balanceaban, se mecían a sí mismos hasta quedar dormidos.

Durante todo el proceso, los médicos y psicólogos españoles les aconsejaron realizar una serie de ejercicios para descartar cualquier enfermedad que no hubiera sido diagnosticada por los médicos ucranianos. Había una sala donde pasaban todas las horas de visita. Allí podían interactuar con tranquilidad y se aseguraron de que el niño, que entonces tenía dieciséis meses, estaba bien.

Mientras esperaban a que se celebrase el juicio para aprobar (o denegar) la adopción, iban a visitarlo al orfanato para jugar y estar con él, porque los niños no podían salir a la calle hasta que no fueran adoptados. En una de aquellas visitas, mis padres pudieron comprobar las difíciles condiciones en las que se encontraban. No sabían lo que comían, pero un día les permitieron darle de comer ellos mismos. El aspecto de aquella papilla era desagradable y no lograron averiguar qué era. Mi padre quiso probar aquel potingue, pero ni él, que es de paladar valiente y estómago a prueba de bombas, pudo con aquello.

También le compraron un buen abrigo, además de ropa, y le hicieron una foto para enviárnosla. Sí, esa foto que al principio todos pensamos que se trataba de una broma. El plumón que le compraron le hacía parecer gordito porque era todo mofletes, y mis tíos decían que se parecía mucho a cuando yo era pequeña.

Inocente de mí, aquello me puso muy contenta.

Ya bien abrigado, lo llevaron a la zona exterior del orfanato y ahí fue la primera vez que mi hermano pisó la calle. Fue la primera vez en sus dieciséis meses de vida que Vadim respiraba aire fresco por más de diez minutos seguidos. Fue la primera vez desde que había llegado al mundo que podía correr en un espacio infinito. Y, sobre todo, lo que a él más le gustó: fue la primera vez en su vida que veía las flores.

Según mi madre, fue extraño observar cómo las arrancaba y se las pasaba por la cara con una felicidad absoluta…

El día del juicio lo recordarán siempre tanto ellos como la traductora y el juez. Normalmente les hacen muchas preguntas y lo típico es que los padres estén muy nerviosos, queriendo responder todo a la perfección. Algunas de estas preguntas eran muy lógicas, pero otras estaban hechas a traición. Hay una en concreto que mi madre cuenta a menudo, por surrealista:

El juez alucinó.

—¿Usted quiere a su marido? —le preguntó el juez.

—Pues hay días que sí y hay días que no.

El hombre se quedó blanco cuando escuchó a la traductora, que le sugirió a mi madre que no dijera aquello. Pero mi madre se reafirmó ante el juez.

—Usted me ha dicho que diga solo la verdad, y la verdad es que cuando discutimos no le quiero tanto.

El juez se echó a reír, jamás había escuchado una respuesta así. Después de unas horas, salió con la sentencia inmediata, lo que significaba que el niño ya se podía quedar con mis padres hasta que todo el papeleo estuviera resuelto, y una rosa para mi madre.

—Con esa sinceridad, estoy seguro de que usted va a ser una gran madre.

Desde aquel día, Vadiuska pasó a ser oficialmente el hijo de mis padres. Ellos decidieron cambiarle el nombre porque pensaron que el que tenía le obligaría a contar su historia constantemente. Así que lo echamos a suertes con los dos que teníamos en mente: Víctor y David. Yo misma hice los papelitos y fui la mano inocente que lo eligió desde casa de mi prima Ana.

El resultado ya lo sabéis.

Mi madre, no sé cómo, se enteró de que al lado de un parque de Kiev había una cámara de tráfico y que lo que allí se grababa se podía ver a través de una web. Aquello fue gracioso, porque ahí estábamos cada tarde mis tíos y yo, pegados al ordenador, esperando a tener una cita en la distancia con ellos. Se ponían siempre en el mismo sitio y nosotros veíamos cómo jugaban con mi hermano desde la pantalla.

A mis padres les dio tiempo de descubrir algunas facetas de Víctor antes de volverse a España y comprobar lo importante que es el entorno donde uno se cría, lo que este puede influir en la vida de cualquier persona. Por ejemplo, mi hermano se tiraba al suelo en mitad de la calle. Lo hacía sin brusquedad, se estiraba y se acomodaba. Más tarde comprendieron que Víctor actuaba tal y como lo hacían todos en el orfanato: a su bola. Si les daba sueño, pues se acurrucaban en cualquier rincón y se echaban a dormir. Aquello continuó haciéndolo una temporada ya en España y hubo que explicarle en repetidas ocasiones que, para dormir, uno se tenía que ir a la cama.

Otra cosa que descubrieron de él estando allí fue que tenía pánico al agua. Ya dije que mi hermano no utilizaba el llanto como mecanismo de atención, pero, por supuesto, sabía cómo hacerlo. La primera vez que lloró frente a mis padres fue cuando lo bañaron. Sorprendentemente, hasta entonces solo le habían limpiado con paños húmedos y aquello era nuevo para él. Durante su primer baño le faltaban pulmones para expresar el miedo que sentía. Lloró ese día, y el siguiente, y el otro... La llorera estaba asegurada cada vez que tocaba bañarse. El primer día fue bestial, pero luego, con cariño y paciencia, se llegó a acostumbrar. Dice mi madre que el proceso fue rápido, pero para mí era extraño que hubiese un niño llorando en casa, así que me ponía a llorar con él por no entender qué le pasaba y entre los dos montábamos el *show*.

Pero no me quiero adelantar, que todavía no os he contado cómo fue la primera vez que lo vi... Fue un domingo en el aeropuerto de Barcelona. Se nos hizo eterna la espera a mis tíos, a mis primos y a mí. Cada vez que se abría la puerta de «Llegadas» esperábamos que fueran ellos, pero tardaron una eternidad en salir. Cuando por fin aparecieron, vi a mi padre cargado de bolsas, a mi madre con el carro lleno de maletas y a Víctor subido encima de ellas.

«¡Es mi hermano!», pensé.

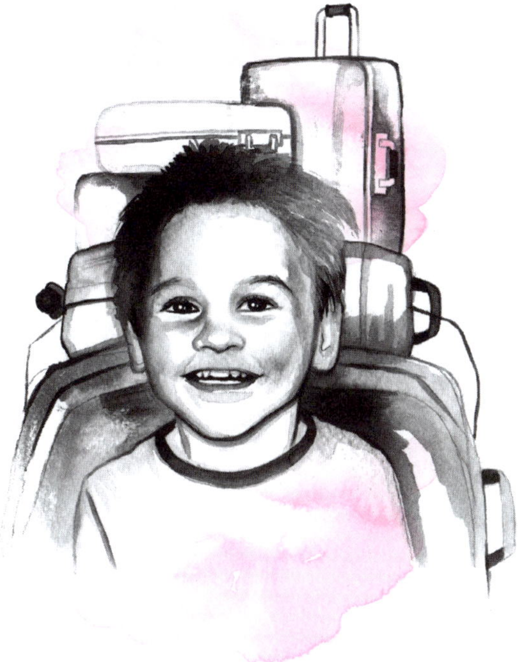

Enseguida nos visualicé a los cuatro como familia. Me puse muy contenta, aunque cuando lo vi de cerca me di cuenta de lo poquita cosa que era. A mí eso me provocó mucha ternura... Me quedé mirándolo, vino hacia mí y se me abrazó muy, muy fuerte. ¿Cómo era posible? Él se reía, me miraba y yo lloré de la emoción. Mis primos y yo habíamos llevado unas pancartas para hacer el recibimiento y cuando me giré, todos las habían apoyado en el suelo porque, como yo, no paraban de llorar.

Dejé a mi hermano (¡¡SÍ, MI HERMANO!!) en el suelo, y el niño echó a correr como un cohete. Supongo que le impresionó ver un espacio tan amplio como el aeropuerto. Pero alguien le alcanzó. En el aparcamiento volvió a escaparse... Ahí ya empezamos a darnos cuenta de que tenía demasiada energía, aunque daba igual porque aquel día todos estábamos muy contentos.

La excesiva impulsividad de mi hermano empieza a levantar sospechas.

De repente, tenía un hermano que no paraba de corretear por todos lados. A mí me habían enseñado una canción para niños en ucraniano y algunas palabras sueltas para poder comunicarnos, y me pasaba el día pendiente de él. Es que se movía muchísimo. Demasiado.

Mis padres se percataron de que algo no iba bien cuando empezó a ir al colegio. Le costaba mucho aprender cualquier cosa básica, como los números, los colores, tenía problemas con la pronunciación... A esa edad, los niños tardan muy poco en aprender cualquier idioma, pero a mi hermano le estaba costando. Era demasiado impulsivo, así que lo llevaron a varios médicos, hasta que una neuróloga dio con el diagnóstico: tiene el Síndrome Alcohólico Fetal (SAF), algo que, desafortunadamente, pasa a menudo en las adopciones de países como Rusia y Ucrania.

Esto significa que su madre biológica bebió alcohol durante el embarazo. Según los médicos, se desconoce la cantidad de alcohol que es necesaria para llegar a afectar al feto, por eso recomiendan cero consumo. Además, la peculiaridad de este síndrome es que mi hermano sí tiene los rasgos físicos del SAF, pero, como es un tema muy desconocido para la sociedad, pasa desapercibido.

Por eso, hasta que se lo diagnosticaron, Víctor simplemente parecía un maleducado. En realidad, su madurez mental es bastante inferior a la física y ello le estuvo acarreando bastantes problemas en clase. Sufrió mucho rechazo, no solo por parte de los compañeros y los padres de estos, sino también por parte de los profesores, que le castigaban continuamente.

Él no entendía por qué. Aún a día de hoy no entiende de causa-efecto, no mide las consecuencias de sus actos... No es un defecto de personalidad, es que su cerebro funciona de manera diferente al del resto, y por eso necesita que se le enseñe de otra manera. Mis padres lo pasaban fatal cada vez que iban a recogerle a la escuela. Tenían que escuchar comentarios desagradables y presenciar bastantes plantones, pues nadie quería ser amigo de mi hermano, y la mayoría del resto de padres daba la espalda a los míos.

Las consecuencias de su enfermedad no solo son físicas o mentales, también se enfrenta al rechazo social.

Hubo un día en que mi madre y mi hermano presenciaron una situación muy dura, y estoy segura de que nunca lo olvidarán.

Te cuento…

Al lado del colegio de mi hermano había un parque. Y, como es normal, es allí donde se reunían padres e hijos a la salida. Mi madre no iba cada día, pero, de vez en cuando le gustaba quedarse y socializar con el resto de padres para conseguir acercar a mi hermano a sus hijos.

Uno de esos días, hubo una pelea entre algunos niños, en la que estaba involucrado mi hermano. Nada fuera de lo normal. Estaban jugando a algo y de repente uno fastidió a otro, luego se unieron algunos más provocando y, bueno, qué te voy a contar… Creo que de esas peleas hay varias a la semana y todos las hemos vivido a esas edades. Mi hermano tendría unos once años.

De repente, la madre de uno de esos niños buscó a la mía, que estaba en un banco de ese mismo parque con otras madres. Y empezó a gritarle delante de todo el mundo:

—¡¿No te das cuenta de que tu hijo es tonto?! ¿Por qué fuiste a buscarlo? ¿Por qué no coges un avión, lo subes y lo devuelves?

—¿Qué ha pasado? —Mi madre se quedó paralizada.

—¡Que tu hijo ha pegado al mío!

La cosa no acabó ahí, pero mejor no reproducir todo lo que dijo. Imagínate cómo tuvo que volver mi madre a casa, que no pegó ojo en una semana.

El problema con todo esto es que no hay un tratamiento específico para el SAF. Habló con el colegio, trató de arreglar el tema, pero finalmente decidió seguir luchando por una vida mejor para mi hermano intentando normalizar esta enfermedad y, sobre todo, haciéndole ver a él que no era peor que el resto, que simplemente era diferente.

No quiso cambiarle de colegio porque este ya era un colegio específico con un sistema educativo adecuado a las necesidades de mi hermano, y más cambios podrían suponer más obstáculos para él y sus problemas de socialización...

No os lo he contado, pero antes de esto, Víctor había ido a un colegio convencional al lado de casa y ya había vivido ese cambio.

Hasta entonces, mi hermano sufrió de mucha ansiedad cada vez que tenía que hacer deberes, pues se echaba a llorar y repetía una y otra vez: «¡Soy tonto, soy tonto, soy tonto!». Mejoró mucho cuando llegó al nuevo colegio, cuya metodología es distinta. Además, estudian los temas de forma transversal. Por ejemplo, si toca el teorema de Pitágoras, no solo le enseñan cuál es la teoría matemática, sino que les explican quién era él, cómo era la sociedad donde vivía, etc. Mi hermano ahora está más contento, sigue aprendiendo a su ritmo y se relaciona de una forma más sana con el resto de niños.

Hasta hace unos años, apenas se hablaba de este síndrome en España, porque no se conocían casos o no se habían detectado. Mi madre se reunió con un par de familias más y juntos crearon una asociación con el objetivo de visibilizarlo, AFASAF (Asociación de Familias Afectadas de SAF). Desde que tuvo lugar aquel incidente tan desagradable empezó a darle mucha caña y hubo mucha gente que identificó la enfermedad en los hijos adoptivos de amigos, familiares y conocidos, y los pusieron en contacto con la asociación. Lo que pretenden es mejorar la calidad de vida de estos niños y sus familias ahora y en su futuro, además de obtener el reconocimiento oficial de esa patología como enfermedad crónica. Que estos niños no queden desamparados, que se informe y sensibilice a la sociedad de que esto existe, para que no se repitan momentos tan desagradables como el que tuvo que vivir mi madre junto a mi hermano esa tarde en el parque al lado del colegio…

Y aprendí...

- Lo principal y más importante, a amarlo muchísimo, sin importar si compartimos o no la genética. Porque no compartimos la misma sangre, pero sí el mismo corazón.

- He aprendido a valorar la actitud de mis padres y todo lo que hacen para luchar contra su enfermedad. Es normal preocuparse si tienes problemas, pero solo si los enfrentas consigues resolverlos. Ante la adversidad, no se estancaron en la tristeza, sino que fueron a buscar apoyo e incluso aportaron nuevas soluciones, como la asociación.

- Me duele el rechazo social que mi hermano tiene (y tendrá) que aguantar. Me queda claro que hay mucha gente adulta sin escrúpulos que no entiende de tolerancia, respeto o empatía.

- También de esto se aprende. A lidiar con ello controlando la situación, pero sin bajar la guardia y respondiendo ante cualquier ataque injusto hacia él. Y siempre con educación. Para que, en cierta manera, los que las cometen se avergüencen de esas faltas de respeto y las eviten para siempre.

Capítulo 3

MI MEJOR AMIGO NACIÓ EN 1916

¿Te acuerdas de la imagen de mi abuelo y mi abuela maternos saliendo de la casa de Covarrubias? Esta historia va de él, mi abuelo.

Se llamaba Eliseo y lo recuerdo como alguien muy humilde y de aspecto campechano. Era bastante mayor y, desde que se quedó viudo, vivía en un piso él solo en Cornellá. Pero no había día que no nos viéramos. Tenía las orejas suuuuuupergrandes, al menos es como yo lo recuerdo, y siempre, SIEMPRE, llevaba una boina.

Toca buscar en Google: «boina abuelo». Sí, es esa que aparece negra y plana con un rabito hacia arriba. También llevaba siempre unos tirantes que le sujetaban los pantalones («tirantes abuelo» en Google, ya que estamos).

Por aquel entonces yo era la más pequeña de los nietos, porque como sabes, mi hermano aún no había llegado. Pasábamos las tardes enteras juntos: me iba a buscar al colegio, íbamos al parque, merendábamos, nos disfrazábamos... Sí, esto de hacer el tonto no empecé a explotarlo en YouTube, sino que lo descubrí con él. Nos reíamos de nuestras tonterías hasta que nos dolía la tripa. Para mí, además de mi abuelo, era como mi mejor amigo. Con él jugaba a las muñecas, a adivinar anuncios, a adivinar películas... Le sentaba en el sofá y le vestía con delantales y pelucas y fingíamos tomar el té o ser actrices de Hollywood. Por supuesto él no sabía lo que era Hollywood y yo me lo medio inventaba. Pero no importaba, se nos pasaban las horas así hasta que llegaban mis padres del trabajo y nos encontraban en el sofá con todas las bolsas de disfraces por el suelo, mi abuelo con un globo rosa atado a la boina y un babero y yo con una peluca larga, rubia y rizada, disfrazada de guerrera.

Mi abuelo Eliseo era mi mejor amigo.

Además de abuelo y mejor amigo, él era mi cómplice perfecto. Se dejaba hacer de todo: si a mí me apetecía quedarme más rato en la calle, lo convencía de que nos habían dado permiso a los dos para volver tarde. Y ahí que nos quedábamos hasta que a las ocho tenía que venir mi madre a buscar a su padre y a su hija, que estaban en los columpios pasándoselo pipa sin ningún permiso.

Hagamos aquí un inciso, porque esto es lo que acaba de ocurrir en el grupo de WhatsApp, donde estamos algunos de los primos y mi madre, mientras yo buscaba el título para este capítulo:

Yo: Personas, año en que nació el abuelo Eliseo??

Mamá: 1916

Mamá: Y hoy hace 12 años q se murió

Me parece increíble. Hay muchos días en el año. Y muchos capítulos en este libro… Y estoy escribiendo este justo el día en que se fue el protagonista de la historia. ¿Casualidad?

La hora de la comida era otro *show*. Le gustaba beber el vino en porrón, apuntar a la frente y hacer que se deslizara por la nariz hasta caer en la boca. A mis tíos también les gustaba jugar a aquello, pero, sin duda, el más profesional de la familia era él, que no se le caía ni una gota.

Supongo que por las calamidades que debió vivir en la posguerra, no se podía tirar nada de comida en su presencia. Si yo me había dejado un trocito de carne en el plato, él, aunque ya no pudiera comer más, se lo llevaba a la boca con tal de no verlo en la basura. Y obediente era un rato...: si mi madre decía aquello de «¡a la mesa!», él era el primero en llegar y sentarse.

Cuando alguno de los nietos cumplíamos años, él siempre nos daba veinte euros. Y además se justificaba diciendo que éramos muchos (nada menos que diecinueve) y que, por eso, no podía darnos más, porque tenía que guardar para los próximos cumpleaños.

De verdad, ese hombre desprendía humildad.

El pobre echaba mucho de menos a su mujer, mi abuela Teresa, y no había día que no rezase un rato en voz alta para ella. Cuando no nos disfrazábamos, me explicaba historias de ella en el pueblo cuando eran jóvenes y cantaba canciones que yo grababa con una grabadora que me habían regalado algún 6 de enero.

«¿Por qué, señor, por qué? ¿Por qué te la llevaste a ella y no a mí?».

No había tarde que no pronunciase esas palabras.

Tengo que reconocer que estoy empezando a emocionarme contándote todo esto. No es que nunca le recuerde, pero esta es la primera vez en mucho tiempo que me paro a pensar en tantas tardes y momentos que pasé junto a él.

Los dos últimos años de su vida estuvo con los achaques típicos de la edad, por lo que entre todos los hermanos decidieron que no era bueno que estuviera solo. Se iría a vivir con cada uno de ellos, a temporadas. Así que dejé de verlo tanto. Yo echaba mucho de menos su presencia en casa y contaba el tiempo que faltaba para que volviese a vivir con nosotros. El último año ya necesitaba tener unos cuidados más específicos, así que lo llevaron a una residencia del barrio. De esta forma, estaría bien asistido por cuidadores profesionales y nosotros podríamos ir a verle cada día.

De repente, un día, mientras estábamos comiendo, en Brasil, sonó el teléfono de mi madre y ella respondió. Al rato, colgó, cogió aire y dijo:

—Mi padre ha muerto.

Pero esta es una historia larga que te explicaré más tarde, porque todavía tengo mucho que contarte de mi mejor amigo. Ese que nació en 1916.

Y aprendí…

- Lo importante que es tomarse las cosas con sentido del humor y lo mucho que me gusta hacer el tonto, delante y detrás de las cámaras. Digamos que mi lado más payaso lo entrené cada día de mi infancia con él.

- A dejar constancia de todo aquello que me hace sentir, para luego poder recodarlo y revivir el momento de nuevo. En aquel entonces lo hacía con esa grabadora que guardaba todos los cuentos y canciones de mi abuelo, luego llegaron los diarios y ahora, ya lo sabéis, los vídeos en YouTube.

- Que la edad no es un número, sino una actitud. Que cuando sea viejita quiero tener la vitalidad que tenía mi abuelo Eliseo, riéndose conmigo, cantando y explicando historias mientras nos disfrazábamos. Éramos como dos mejores amigos con ochenta años de diferencia.

Capítulo 4

UNA CITA IMPORTANTE

Cuando mis abuelos Eliseo y Teresa decidieron emigrar lo hicieron poco a poco, quedando durante un tiempo separados entre Burgos y Cataluña. No obstante, mi abuela se preocupó de inculcar a sus hijos la importancia de mantener la familia unida. Mis tíos iban creciendo y la familia con ellos, pues iban teniendo descendencia.

Y hay una cosa que tengo muy clara: las fiestas de Navidad son una cita a la que no se puede faltar en esta familia. Llueva, truene, pase lo que pase, nos juntamos todos (¡más de cincuenta personas a día de hoy!). Cuando todavía yo era la nieta más pequeña y no éramos tantos (porque mis primos mayores aún no tenían hijos), nos reuníamos todos con sus respectivas parejas en el piso de Cornellá en el que vivía mi abuelo. Pero llegó un momento en que aquello era insostenible, el piso se estaba quedando pequeño para tanta gente.

La solución fue alquilar una casa de colonias para poder pasar las fiestas en familia.

Me encantaba, las Navidades de mi infancia parecían un campamento de verano, pero con frío. Los días previos yo estaba demasiado ilusionada. También mi madre, que disfruta muchísimo con los preparativos. Yo le ayudaba a inflar globos y hacer carteles que después pegábamos por el camino para señalizar al resto de la familia la dirección a la casa. También nos pasábamos la noche anterior imprimiendo villancicos para cantarlos luego todos juntos.

Esos son los mejores recuerdos que tengo de aquella época, sin duda. Era una casa en la montaña con tres o cuatro habitaciones gigantes y llenas de literas; los que roncaban iban todos juntos al mismo cuarto, los que hacían otro tipo de ruidos, a otro... Por la noche salíamos al campo con linternas, para perdernos entre los árboles y morirnos del susto cuando a alguno de mis tíos se le ocurría asustarnos. La hora de irse a dormir también era un *show*, y nunca faltaba la ronda de chistes.

«Va un caracol, y derrapa».

Mira, ahora lo leo y me quedo igual, pero te prometo que aquella noche fue un ataque de risa constante. Quizás fui yo la única que se rio, junto a mi prima Gema, que fue quien lo contó y también se estaba meando de la risa. Si alguno de los presentes en aquella habitación está leyendo esto… Hazle una foto a esta página y envíamela por WhatsApp para confirmar que tú también participaste en aquel escándalo.

Lo que vino después de eso fue una bronca de las gordas. Mi madre hacía rato que me estaba avisando para que me callase y me fuera a dormir ya, pero yo no podía parar. Y mi prima Gema repetía el chiste del caracol una y otra vez. Y cuando se me estaba pasando el ataque, volvía a pronunciar las palabras mágicas. Y yo a llorar de nuevo de la risa.

Es extraño, pero explicándote esto me he empezado a reír sola… En fin. Tengo un problema grave con los ataques de risa, más tarde os contaré lo que me pasó un día por culpa de esto.

Hubo un año en el que se decidió cambiar la casa de colonias por un hotel barato y cómodo para todos. A mí me gustaba más la casa de colonias porque teníamos más libertad y se sentía como si todos, tíos y primos, fuésemos un equipo de los *boyscouts*, pero al final nos hemos acostumbrado al hotel y nos lo pasamos bien igual, siempre y cuando estemos juntos. Jamás faltamos a este encuentro en Navidades.

Y de regalo, ¡un pongo!

Por favor, ¡dime que sabes lo que es un pongo! Si no, ahora lo vas a saber.

Uno de mis días favoritos es Nochebuena, porque es cuando abrimos los regalos. Tenemos un disfraz de Papá Noel que tiene casi más años que tú y yo juntos, probablemente, y que sacamos cada veinticuatro de diciembre. Traje rojo, barba blanca, gorro, saco y campanita; incluso mantiene la caja original, rota por todas partes y pegada y repegada con cinta aislante.

¿Que podríamos cambiar de caja? Sí, pero la esencia no sería la misma. Para este evento tan importante suele haber dos condiciones:

La primera es que quien se disfraza sea alguien aún no muy conocido para los niños más pequeños de la familia. Un novio de una prima podría valer, o el Ales, a quien también liaron un año para disfrazarse. Papá Noel no puede llegar a todas las casas a la vez y necesita ayudantes en todas las familias, ya sabes…

La segunda condición es que haya dos sacos, uno con los juguetes para los niños y otro que está lleno de pongos, delicadamente envueltos y sin nombre alguno, porque estos le tocan a quienes le tengan que tocar.

¿Que qué es un pongo? Si eres de los que al principio han flipado con la palabra, te cuento: ¿Nunca te han regalado algo tan hortera, cutre o inútil que has dicho «y esto ahora dónde lo pongo»? Como cuando vas a un bautizo y te regalan la típica figurita de porcelana, que la guardas para el recuerdo, pero no tienes ni idea de qué hacer con ella y las vas acumulando junto al resto de pongos en algún cajón. Sé perfectamente que en casa tienes al menos uno de esos pongos… 100%.

Pues a lo que iba: cuando ya está todo preparado, hacemos pasar al hombre de rojo y lo sentamos en una silla rodeado de todos los regalos. Perdón, tengo que añadir que el señor de la barba va siempre acompañado de su ayudante más fiel: el tío Josemari, que lleva una campanita y va haciéndola sonar cada dos por tres. El ritual comienza con el miembro mayor de la familia, mi tío Miguel. Aunque tiene más de setenta años, se sienta en las piernas de Papá Noel, le da dos besos, se hacen una foto y recibe su pongo, que bien podría ser una berenjena envuelta en papel de plata... Así vamos pasando todos, uno por uno y de mayor a menor. ¡Podemos estar hasta dos horas con la entrega de regalos! Es muy divertido y yo suelo reírme demasiado.

Tengo que decir que este capítulo está tocando mucho mi fibra. Lo estoy repasando un jueves 28 de diciembre, así que tengo esos momentos en el hotel repartiendo pongos muy presentes ahora mismo... Hace apenas cuatro días estábamos todos reunidos, tal cual lo estoy contando aquí. Y pensar en todos ellos y en los buenos momentos que me hacen pasar juntos me hace sentir muy pero que muy afortunada.

Pero aún falta un poco para que te diga lo que aprendí y sigo aprendiendo de esta familia que me ha tocado.

Volviendo al tema de los pongos... Es algo que hacemos constantemente con cualquier excusa. El 26 de diciembre en Cataluña es festivo y también se celebra comiendo. ¡Cómo no! Y ese día lo disfruto incluso más porque la tradición es organizarlo en mi casa. Recuerdo un año en el que se me ocurrió una idea increíble. Bueno, increíble me parecía entonces.

Hacía poco se había estropeado la lavadora de casa y mis padres habían comprado una nueva. Entonces se me ocurrió usar el cartón gigante de esa nueva lavadora para hacer un pongo muy especial... Cuando comenté la idea para que entre algunos me ayudaran a prepararla, no les hacía mucha gracia. Pero a mí me apetecía hacer algo con aquel cartón, así que conseguí que alguien me envolviera como regalo en aquel inmenso paquete y lo colocara en el centro del salón junto al resto de los regalos. Esperé un buen rato allí dentro hasta que tocó el turno de mi tío Josemari, a quien adoro. Cuando salí de allí para darle la sorpresa, mi tío se rio muchísimo. Lo que parecía una tontería acabó siendo un momento de muchas risas y emociones. Ahora que lo pienso, hay una foto de ese instante. Voy a buscarla y la guardaré en el móvil. Si quieres verla, haz foto a esta página y pídemelo por donde te apetezca. ¡Yo me comprometo a pasártela si leo el mensaje!

Me da cierta pena pensar que las Navidades, celebradas de esta manera, tengan fecha de caducidad. La ilusión por estas fechas la mantengo intacta, la inocencia infantil la sustituí por las ganas de estar con toda mi gente. Realmente, la precursora fue mi abuela y alcanzó hasta sus nietos. Pero cuando pasen algunos años y haya gente que empiece a faltar, o los miembros más nuevos ya sean primos lejanos, ¿seguiremos manteniendo esa unión? Se me pone la piel de gallina y pensar en el paso del tiempo me hace sentir algo muy extraño. Esto es algo a lo que suelo dar muchas vueltas y que también quiero contarte, pero tendrás que esperar unos capítulos porque no quiero agobiarte con mis paranoias, de momento...

Deja que te lleve «al huerto».

Volviendo a mi familia, es evidente que los que vivimos en Cornellá nos vemos durante el resto del año, no solo en Navidad. Pero no puede ser que tengamos que esperar un año entero para vernos con los que viven más lejos... Cuando mi abuelo murió, el piso en el que él había vivido se vendió y a mi madre y sus hermanos se les ocurrió alquilar un terreno para poner una casita y plantar hortalizas. De esa manera podríamos tener un lugar nuestro en el que reunirnos aprovechando cualquier excusa. No necesitábamos nada en especial. En realidad, la casa es un contéiner típico de barco, lo suficientemente grande como para que quepamos unos cuantos dentro. No hay agua corriente ni está preparado para que alguien pueda vivir allí, pero mis tíos construyeron un chiringuito con tejado e hicieron un baño y una barbacoa.

Me encanta ir allí. Me encanta ver cómo mis tíos disfrutan tanto con eso y entender lo poco que hace falta para que un día cualquiera se quede en la memoria para siempre.

«¿Qué es para ti tu familia?»

No hace mucho, me hicieron esta pregunta en una entrevista y tardé un rato en responder. Después de todo lo que te voy a contar en estas páginas puede que intuyas qué significan ellos para mí. Pero no está de más decirles desde aquí que, aunque no les dé muchos abrazos ni besos, los quiero con locura. A todos y cada uno de ellos, por ser como son. Porque son las personas más humildes y trabajadoras que he conocido en mi vida. Son muy buena gente y la definición perfecta de «personas guapas».

Porque siempre tienen tiempo para ayudar con lo que sea. Hay algunos a quienes no veo tan a menudo como me gustaría porque viven lejos, pero sé que están ahí. No hace falta que nombre a nadie porque quien sea que esté leyendo esto sabrá darse por aludido.

Y ahora quiero que reflexiones, que recuerdes. Da igual la edad que tengas y lo grande que sea tu familia. Quizás, incluso, consideres familia a personas con las que no compartes árbol genealógico. Sea como sea, dime: ¿Qué es para ti tu familia?

Y aprendí...

- Sobre la importancia de la unidad familiar. Hay quien cree eso de que «aunque no la vea en diez años, es mi familia». Para recibir amor, primero hay que darlo. Cuando existe mucha distancia geográfica, es lógico que ese acercamiento físico sea complicado de tener. Pero hoy en día existen mil formas de sentir cerca a alguien. Lo que tengo claro es que, si quieres que alguien esté ahí para ti, tú también tienes que estar ahí para él. Creo que hay que hacer un esfuerzo por buscar el roce (que, en definitiva, es el que hace el cariño). Más aún cuando hay muchos miembros, como en mi caso. Si cada año no hubiéramos hecho un esfuerzo para reunirnos, a lo mejor ya habría perdido el contacto con muchos de ellos. Y eso es relativamente fácil, porque cada uno tiene su vida diaria y sus cosas que hacer, que normalmente solo se comparten con quien vives bajo el mismo techo.

- Que con trabajo, esfuerzo e ilusión sí se puede. Admiro mucho a mi abuelo y a mi abuela, a pesar de no haberla conocido, por haber conseguido ofrecer a sus hijos una vida mejor en Cornellá. Me imagino el esfuerzo que debió suponer y eso me hace creer aún más en la idea de que si quieres, puedes.

- Que nunca debemos olvidar de dónde venimos. Ni mucho menos avergonzarnos de esos orígenes. Esas raíces son las que nos hacen ser quien somos; ahora y siempre van a marcar nuestra personalidad.

Capítulo 5

NO SÉ POR QUÉ, PERO SÍ POR QUÉ NO

Durante varios años tuve que subir y bajar la cuesta que separa mi casa del colegio público. Tardaba una eternidad en hacer el camino de regreso a casa porque me entretenía cogiendo las semillas de sámara (esas hojitas alargadas y con un bultito en el extremo que, si las haces volar, parecen helicópteros). Creo que vuelves a necesitar Google para escribir «semillas de sámara»... Me las encontraba por todo el camino y mi madre me reñía por tardar tanto en llegar. Cuando entraba en casa me sentía tonta, me había caído una bronca porque unas simples semillitas me habían despistado en mi camino. Pero al día siguiente volvía a suceder lo mismo, porque cuando eres pequeño vives el momento y el futuro no te preocupa (aunque ese futuro llegase a los veinte minutos en forma de madre y castigo).

Me encantaba acabar los deberes rápido en clase para así no tener que hacerlos luego en casa.

Sí, era de las alumnas más aplicadas de mi clase. Me gustaba ir al cole porque los maestros me decían que se me daba bien. Y que alguien te diga que eres bueno en algo te motiva a seguir haciéndolo... Pues ahí que estaba yo toda motivada en ser todavía mejor. Me gustaban todas las asignaturas, incluso hacer deberes. Recuerdo que, en junio, cuando se acaban las clases, nos daban un dosier gigante lleno de ejercicios para hacer durante el verano. Yo llegaba a casa y esa misma tarde los acababa todos. Siempre digo lo mismo: si me conociese a mí misma a esa edad, no me caería bien, porque pensaría: «esta niña va de lista o ¿qué le pasa?». Pero, en realidad, creo que es sano que te motives con algo e intentes mejorar cada día. ¿Qué hay de malo en eso?

En realidad, del cole me gustaba casi todo. La parte que peor llevaba eran las amistades. No tenía muchos compañeros de juegos. No sé cómo surgió la idea ni cuándo, pero el caso es que hubo una niña que dividió la clase en dos grupos: las hadas y los demonios. Ellas eran las buenas y tenían que huir de los malos… es decir, de mí. Yo era el demonio, el único que había en ese maldito juego, e iba contra el resto de la clase. Bueno, más bien, eran sus reglas por lo que la clase iba contra mí.

Las «hadas» hablaban mal de mí y se reían. La verdad es que lo pasaba mal a la hora del patio porque acababa quedándome sola con mis deberes y mis cosas o jugando a fútbol con los chicos, que normalmente no estaban implicados en estos juegos. Si me acercaba a algún grupo de compañeros que estaban jugando, alguien decía «¡corred, que viene el demonio!». Aunque siempre fui terca y no me daba por vencida, cada día les preguntaba si podía jugar, porque pensaba que algún día me dirían que sí. Recuerdo que en aquellos momentos yo no era del todo consciente de lo que pasaba. Alguna vez me llenaba de impotencia y me ponía muy triste y entonces rompía a llorar, pero lo hacía escondida porque pensaba que si me veían así me odiarían todavía más. Así que yo me hacía la fuerte y fingía no molestarme por todo eso que hacían.

Uno de esos días fue a la vuelta de Reyes, un siete u ocho de enero. En muchos colegios existe la tradición de llevar ese primer día de colegio un juguete de los que te han regalado. Los compañeros pueden jugar con el tuyo y tú con el de ellos. Vi un juego de pinturas de colores (uno que estaba de moda entonces) encima de una mesa y los ojos se me abrieron como platos, ¡había pedido ese mismo regalo a los Reyes Magos! Pero no me lo trajeron, así que, ilusa de mí, me acerqué a las hadas de la clase para pedir que me dejasen jugar. Me volvieron a decir que no y ni siquiera levantaron la cabeza para mirarme. Aquello me afectó, por el día tan representativo y por la indiferencia de las niñas. A pesar de que la respuesta siempre fue negativa, yo, orgullosa, no dejaba que vieran que me hacían daño, así que me llevé un chasco por enésima vez y me negué a contárselo a nadie.

Pero por muy fuerte que quisiera aparentar ser, lloraba. A veces, lloraba. No recuerdo por qué fue, pero un chico de otra clase que era hijo de unos amigos de mi familia me vio llorando un día. Así fue como se acabaron enterando mis padres de todo este rollo, por los padres de otro compañero. Hasta entonces, ellos no habían sospechado nada porque, aparentemente, era una alumna ejemplar. Es cierto que no tengo un recuerdo especialmente malo de aquella época y no fue tan traumático como otros casos de *bullying*. Pero, sin duda, ha sido algo que marcó mi infancia. Me acabaron cambiando de colegio y, aunque el motivo principal no fue este, pude librarme de que aquello fuera a mayores.

Lo curioso del asunto es que sé que todas esas personas por las que lloré en su día no deben ser ni siquiera conscientes de lo que provocaban sus insultos y sus risas. Con el paso del tiempo, me los he seguido cruzando de casualidad por la calle y siempre nos hemos parado a hablar con normalidad. Y precisamente por eso creo que ni siquiera querían hacerme sufrir, pero lo conseguían.

No sé por qué lo hacían, pero sí sé por qué no debieron hacerlo.

Como os he dicho, en mi caso esto ocurrió durante un curso, nada más. Pero ese tiempo ya es suficiente para que en mi cabeza aparezcan esas imágenes y burlas cuando me preguntan por mi primer colegio.

Sé que hay gente que sufre este acoso durante un período más prolongado. Que ni siquiera saben cómo se siente el colegio viviendo en paz con el resto de compañeros. Gracias a las redes sociales, he podido conocer a personas, entre todos mis seguidores, que me escriben para desahogarse y explicarme su situación. Créeme, hay historias muy duras. No te imaginas la de mails y cartas que he leído y que me han hecho llorar de impotencia, rabia y tristeza. Por recordar ese año en mi colegio y por pensar que hay personas que siguen provocando ese dolor en otras. Quizás tú has sido una de esas personas que me han escrito. O quizás no lo has hecho, pero estás pensando que tú también viviste algo parecido. O sigues viviéndolo... También puede ser que, leyendo esto, te estés dando cuenta de que hiciste daño a alguien. Con tus palabras o tus actos. Directa o indirectamente. Porque no hace falta insultar a alguien para ser el autor de ese sufrimiento. No acercándote a esa persona e ignorándola también estás alimentando su tristeza.

Necesito hacer otro paréntesis.

Mientras escribo esto, ha entrado mi padre por la puerta y me ha dado un sobre.

—Te han dejado esto en el apartado postal, viene de Ponferrada.

¿Te acuerdas de la casualidad del capítulo «Mi mejor amigo nació en 1916»?

Pues así es como empieza el segundo párrafo de esta carta:

«Lo que te quiero decir es que, a pesar de haber tenido algún problema el año pasado en mi clase con mis compañeros, tú me ayudaste, gracias a tus vídeos, a poder hablar con mis padres y con mi tutora para poner fin a lo que estaba pasando».

A esto me refiero.

Afortunadamente, el acoso escolar que yo sufrí fue menor y no siento que me haya afectado especialmente a mi vida como adulta, pero sí tiene un papel muy importante en quién soy ahora y por qué. Lo que yo sufrí se clasifica como *bullying* social, pues lo que pretendían era aislarme del grupo. Aunque también existe acoso cuando alguien se siente amenazado, se ejerce violencia sobre él o sobre sus objetos personales o se le humilla verbalmente. Esto último es lo más común en las clases, pues las palabras tienen mucho poder y pueden debilitar la autoestima de cualquier persona. Seguro que en algún momento lo has vivido, más o menos cerca de ti.

Aquel año me hizo aprender demasiadas cosas.

Y aprendí…

- Que los niños son muy sensibles y cualquier hecho traumático en la infancia se puede acarrear durante toda una vida. En definitiva, nadie tiene derecho a humillar a otra persona. Insultar, poner motes peyorativos, difundir mentiras o enviar mensajes ofensivos son pruebas de que estás abusando o siendo abusado.

- Hace un tiempo hice un vídeo en YouTube hablando sobre este tema («Esto me pone muy triste…») y entre los comentarios empecé a ver confesiones de niños y niñas, chicas y chicos, que decían haber sido cómplices al menos una vez en la vida de acoso hacia una persona. La mayoría decían haberlo visto y no haber hecho nada para impedirlo. Otros reconocían haber incluso insultado o agredido físicamente a esa persona. En cualquiera de los casos, todos ellos decían sentirse avergonzados y prometían no volver a actuar así nunca jamás.

- De eso se trata. Todos nos equivocamos. Todos cometemos errores que nos avergüenzan. Pero de todo se aprende. Bueno, de casi todo... No sabes lo feliz que me sentí al ver que aquel vídeo había abierto los ojos a tantas personas. Porque entre los comentarios de los que reconocían y confesaban, también estaban los de quienes decían haberlo sufrido o estar sufriéndolo.

- He aprendido que el tiempo que pasamos en el colegio o en la universidad es demasiado extenso como para que alguien venga a fastidiárnoslo.

Nadie tiene el derecho a marcarte de esa manera.

Nadie es quién para convertir lo que podrían ser los mejores recuerdos de tu vida en la mayor pesadilla.

Nadie tiene el poder de hacerte llorar por las mañanas por no soportar la idea de tener que volver al colegio.

Nadie, pero de verdad, nadie puede robarte esa etapa de tu vida.

- Que si necesitamos ayuda o sabemos que alguien la necesita, no nos puede dar vergüenza pedirla. Da igual a quién, da igual cómo. Si te da cosa hablarlo con tus padres o con tu profesor, escribe una carta explicando lo que sientes o lo que sabes y déjala en el buzón del colegio o de la universidad.
- Que hay personas que aparentan seguridad y fuerza y son todo lo contrario. Y no se les puede machacar por ello.
- Que ser tímido no es ser peor que nadie.
- Que sacar buenas notas y querer mejorar no debería estar mal visto.
- Que tenemos que respetarnos. Siempre.
- Piensa que todo lo que hoy eres con las personas de tu entorno un día será el recuerdo de esas personas. Haz que ese recuerdo valga mucho la pena.

Capítulo 6

«TE VAN A QUERER POR QUIÉN SEAS»

«¿Cómo se dice 'autobús' en alemán? Subanestrujenbajen».

Cuando la gente se entera de que hablo alemán, siempre me hacen la misma broma.

El deseo de mi madre por conocer lugares y personas de otras culturas fue el principio de todo. Ella soñaba con aprender idiomas para poder recorrer mundo y desde pequeña su mayor ilusión había sido ir al Colegio Alemán. Al aparecer yo, pensó que podría cumplir aquel sueño conmigo. Al principio no le dio mucha importancia porque, además, el colegio era privado y carísimo, y mis padres no se podían permitir ese lujo. Pero en algún momento algo hizo clic en su cabeza y se planteó mi educación como una inversión a largo plazo; así como había gente que se compraba grandes cochazos, mis padres decidieron invertir en mi educación.

Pasar del colegio de mi barrio al alemán no fue fácil.

Lo primero fue convencerme a mí, pero eso fue fácil precisamente por el nivel de exigencia que yo ya tenía en mi anterior cole. En el nuevo iba a estar en un sistema educativo distinto y además saldría siendo bilingüe. Digamos que mi madre me fue preparando psicológicamente para el cambio y yo tampoco dejaba a ningún amigo del alma atrás, porque recordáis lo de las hadas, ¿no?... Lo siguiente fue planificar la financiación. Tanto mi padre como mi madre tuvieron que hacer algunos sacrificios con bastante antelación para ahorrar lo suficiente y pagar la mensualidad.

Aun así, no era seguro que yo empezase el siguiente curso escolar en ese colegio. Primero, tendría que pasar varias pruebas. Lo primero fue hacer un examen y comprobar el nivel de conocimientos con el que yo partía. Lo aprobé y eso me abrió la puerta al proceso de selección… que duraba un año entero.

Durante ese año yo seguía yendo a mi colegio en Cornellá, pero dos días a la semana tenía que ir al alemán por la tarde. Para mí era como hacer otra actividad extraescolar más. En clase éramos todos españoles y debíamos adquirir una buena base del idioma, además de pasar exámenes periódicos de otras asignaturas para prepararnos ante un cambio tan radical. Así que, cada martes y jueves, salía del cole con la merienda y me iba directa a Esplugues, un pueblo a unos veinte minutos en coche, donde estaba la Deutsche Schule.

Yo no sabía aún lo que me esperaba, aunque en esas clases extraescolares ya comencé a intuirlo. Lo que más me impactaba no era ni la forma de enseñar ni las exigencias del colegio, sino la gente que allí acudía. En esas clases extraescolares coincidía con niños españoles que aspiraban a lo mismo que yo, pero que eran muy diferentes a mí. La mayoría de ellos venían de otros colegios privados, de «buenas familias», económicamente hablando. Hasta entonces solo me había relacionado con niños de mi colegio y de mi barrio, en donde el rasero económico, más o menos, es el mismo para todo el mundo. En Cornellá yo me sentía una más, en cambio, cada martes y jueves por la tarde era como si me encontrase dentro de un mundo totalmente distinto al mío.

Muchos de quellos niños venían en uniforme, con escudos en las camisetas y colores que me recordaban a las películas americanas; y hasta se movían y hablaban de forma muy diferente a lo que yo conocía. Ellos, con sus plumas de escribir, ¡algunas incluso Montblanc! (porque allí era obligatorio escribir con pluma), y yo con mi boli bic con el tapón mordido, todos luchando por un mismo objetivo: entrar en la escuela alemana. Acabé sintiéndome muy a gusto con algunos de mis compañeros, y ahí conocí al que después se convertiría en mi mejor amigo, Guille. El año acabó y llegó el verano, así que solo faltaba esperar a ver si había pasado todas las pruebas…

Las pasé.

Me sentí muy bien por ello, porque eso significaba que había superado el reto, pero conforme se iba acercando la fecha de inicio a mí me empezó a entrar miedo, mucho miedo. Iba a iniciar estudios en un idioma diferente al mío y el ambiente era opuesto a lo que conocía.

Jamás se me olvidará el largo camino que recorría para ir desde mi casa al nuevo colegio. Al principio me llevaba en coche mi abuelo. Eliseo no, el otro. Pero luego comencé a ir yo sola en transporte público. Desde la parada donde me bajaba hasta la puerta de la escuela había una cuesta muy empinada que me dejaba toda empapada de sudor, porque casi siempre llegaba corriendo. Seguramente ya sabes que yo y la noción del tiempo…, como que no. De repente tenía las axilas sudadas y, por culpa de eso, no levantaba la mano en clase con tal de que no lo viese nadie.

Por suerte, los dos primeros años los hice con todos aquellos compañeros que habían hecho las clases extraescolares conmigo. Eso significaba que, aunque todo fuese en alemán, el nivel no iba a ser tan alto, pues, ante todo, debíamos comprender los contenidos, y por eso eran los profesores los que se amoldaban a nosotros. El resto de alumnos de las otras clases nos conocían como «los de la nueva secundaria», porque íbamos a todos lados juntos, hacíamos piña y no nos relacionábamos demasiado con el resto. Como habíamos entrado haciendo mil exámenes, éramos los raritos, los empollones, pero a mí eso no me importaba mucho. En realidad, a ninguno nos importaba en absoluto.

Fue a partir del tercer año cuando nos mezclaron con el resto de compañeros. El idioma dejó de ser un problema porque de pequeño todo se aprende muy rápido. Incluso había hijos de alemanes recién llegados a Barcelona que apenas hablaban español y, sin embargo, me comunicaba perfectamente con ellos en alemán. Bueno, perfectamente… Lo entendía todo y ellos me entendían a mí, así que yo ya estaba más que satisfecha.

Empecé a ser consciente de que muchos de los niños que me rodeaban eran los hijos de personas con altos cargos o dueños de grandes compañías. Esta incursión en el mundo de los ricos me iba impactando cada día más, pero más a cuadros me quedé cuando empecé a ir a fiestas de cumpleaños. Que alguien te dijera «te invito a venir a casa por mi cumple» significaba «mi chófer nos llevará y fliparás porque mi entrada es tan grande como tu piso y tenemos servicio veinticuatro horas». Para mí aquello era algo fuera de lugar, totalmente nuevo, una escena que solo conocía de las películas más peliculeras del mundo, las telenovelas y las series…

Claro, si yo iba a sus cumpleaños…, tendría que invitarles al mío, ¿no? ¿Cómo les iba a decir que viniesen a mi piso? Me daba vergüenza solo de pensarlo. No era una cuestión de grandeza ni de tamaños, porque también fui a pisos de otros niños como el mío de grandes. Eran los detalles, el mobiliario, la zona de Barcelona donde se encontraban, las maneras en la mesa, las rutinas que tenían como familia, el lenguaje que usaban, los temas a los que se referían y las personas con las que se relacionaban... Era todo.

Me di cuenta de que sus diferencias respecto a mi vida no eran solo materiales.

Aquel mundo de exageración me absorbió durante un tiempo. Comencé a pedir cosas caras en casa, pues necesitaba que me compraran algo, lo que fuera, que me hiciese formar parte de mi nuevo grupo de amigos. La mochila de marca que por aquel entonces estaba de moda o los vaqueros más caros de toda la tienda... No obstante, si tenía que ir a alguna fiesta, acababa con el mismo vestido que ya me había puesto mil veces porque no me iban a comprar uno mejor. Mis padres no me podían permitir semejantes caprichos y yo lo sabía, pero aun así presionaba todo lo posible. Al final, terminaba frustrada y llorando.

El caso es que acabé envidiando esa forma de ser y entré en conflicto con mi propia familia. No solo quería que me comprasen cosas de marca, sino que me atrevía a exigir cambios en nuestra forma de hacer las cosas. Necesitaba cambiar el comportamiento de mis padres y de mi hermano (que hacía poquito que había llegado montado en lo alto del carro de las maletas), o la forma de vestir de mi madre. Incluso los corregía cuando algo se me antojaba que estaba mal...

Por eso no hubo semana que mi madre no me recordara mis raíces, la familia humilde que éramos y la importancia de reconocer que no podíamos estar al mismo nivel, por falta de recursos o incluso de ganas.

«Paula, todos lo hemos hecho lo mejor posible y no todo el mundo nace en el mismo lugar ni con la misma gente».

Viendo la situación desde la distancia, tuvieron que tener mucha paciencia conmigo porque, de esa inversión que estaban haciendo en mí, parecía que estuvieran sacando un monstruo repelente y frustrado.

En aquel cambio de actitud también influía que yo estaba en plena adolescencia, y todos sabemos a posteriori lo pesados que nos ponemos en esa etapa. Fue una época en la que estaba rabiosa con mi familia, mi estilo de vida, mi propio yo... Mirándolo desde otra perspectiva, lo que me pasó fue que cumplí mis quince años sintiéndome fuera de lugar.

Y empecé a sacar peores notas.

Yo pensaba que todo tenía que ser perfecto en mi familia y en mí misma, pero era lógico tener peores notas. El alemán no era mi idioma materno y no podía expresarme al mismo nivel que ellos para hablar de historia, filosofía, matemáticas o arte, pero por entonces no atendía a razones y no comprendía que sacar peores notas no era tan raro. Por eso, volvía a casa y le reprochaba a mi madre que me hubiese cambiado de colegio, porque en el nuevo no podía dar lo mejor de mí.

Sinceramente, yo era una niñata a la que le faltaban muchas cosas por aprender. Siempre andaba de discusiones en casa y fui tan plasta que acabé yendo al psicólogo. Aquello había que solucionarlo, porque era una lucha continua conmigo misma y con mis padres. Recuerdo meterme a llorar en mi habitación y hablarle en voz alta a mi abuelo, como él hacía con su mujer. Le echaba tanto de menos...

Creo que lo de hablarle en voz alta ya te lo conté en un capitulo anterior, y lo de echarle de menos... Aún está por llegar.

Claro que no cambié mi forma de pensar de un día para otro, pero sí es cierto que, poco a poco, acabé aceptando mi vida y, por tanto, a mí misma. No fue algo que consiguiera yo sola, ni siquiera bastó la ayuda del psicólogo, al que dejé de ir porque yo insistía en que era una pérdida de tiempo. Yo sabía muy bien lo que me pasaba, pero me negaba a aceptarlo.

Luego siempre estaba la típica profesora que nos hacía levantar uno a uno para presentarnos y responder a las típicas preguntas de «¿Cómo te llamas?» o «¿Dónde vives?» o «¿De qué trabajan tus padres?». A mí me entraba una vergüenza increíble. ¿Qué más da dónde viva? ¿Qué importa a qué se dediquen mis padres? No quería tener que levantarme a contestar esas preguntas después de que el de delante dijese que sus padres eran médicos de prestigio o abogados con renombre o dueños de una multinacional.

«Me llamo Paula».

«Vivo en Cornellá».

«Mis padres son administrativos».

Y decía que eran administrativos porque no sabía qué contestar. Tenía claro que eran empleados en dos empresas diferentes, pero no tenían un cargo como tal. Mi madre tampoco había estudiado una carrera. Empezó Informática cuando era joven, pero lo tuvo que dejar sin acabar para ponerse a trabajar en una pastelería, porque necesitaban dinero. Y eso, en mi anterior cole, era mucho más común que en este nuevo mundo en el que yo me sentía tan fuera de lugar.

Y sí, ahora sigo diciendo: ¿Qué más da dónde viva? ¿Qué importa a qué se dediquen mis padres?

Pero no porque no quiera que se sepa, sino porque me da exactamente igual que se sepa. De hecho, me hace estar incluso más orgullosa de ellos. Para mis padres debía ser toda una satisfacción verme estudiar en esa escuela por mucho esfuerzo que les costase.

Algo realmente importante fue darme cuenta de que conocí a gente con un nivel de vida muy diferente al mío pero que, sin embargo, me aceptaban a mí tal cual yo era. Una vez más mi madre llevaba razón:

«Te van a querer por quién seas, no por lo que tengas. Y quien no... No merece tu cariño».

Así, empecé a sentirme más a gusto sabiendo que entre mis amigos había gente de barrio como yo, otros que tenían bastante pasta y otros pocos eran muy, muy ricos. Pero todos éramos buena gente y amigos, que era lo que realmente importaba. Podíamos hablar de un montón de cosas que teníamos en común y de otras que para unos eran normales y para otros, impactantes.

«¿No te da miedo volver de noche sola por Cornellá?».

«Es muy peligroso, ¿no?».

«¿Te han robado alguna vez?».

Obviamente, yo respondía que no era como se lo imaginaban. Que a mí nunca me había supuesto ningún problema ni peligro vivir aquí... Y entonces se quedaban más tranquilos.

Pero yo también tenía mis dudas. A mí me venían también muchas preguntas a la cabeza. En casa de uno de mis amigos, había siempre gente de servicio. Algunos cocinaban, otros limpiaban, otros cuidaban el jardín... Siempre me acordaré de la señora que cuidaba de la casa porque siempre que estaba yo allí acabábamos hablando un montón. De hecho, en muchos sentidos yo me sentía más cercana a ella que a mi amigo. Parecía haber una regla no escrita que decía que con las personas que estaban de servicio no se podía hablar más que para pedir algo. Ellos lo hacían porque así lo habían vivido siempre, pero yo odiaba eso. No podía soportarlo. Me sentía mal y me dolía. Así que me ponía a hablar con ella. Tengo que decirte que yo en aquella época estaba trabajando como canguro de unos niños alemanes y que me sentía triste cuando estos me hablaban mal o se dirigían a mí solo para exigirme cosas... Pero deja que te cuente eso en algún capítulo más adelante, porque no quiero que te pierdas en esta historia.

Recuerdo con especial orgullo el día que cumplí dieciocho años. Muchísimos compañeros del colegio celebraban la «puesta de largo» cuando alcanzaban la mayoría de edad. Significa que se vestían muy elegantes (pero mucho) y hacían fiestas muy épicas en el jardín de sus casas de revista. Yo no tenía dinero para alquilar nada, ni para pagar una cena en un restaurante a veinte o veinticinco personas. Pero quería hacer una fiesta; al fin y al cabo, era una fecha importante en mi vida. Mi madre me sugirió que invitase a todos mis amigos a venir a nuestro piso. Para entonces, todos mis amigos sabían lo que había en mi vida, pero no todos habían estado de visita en casa. Me seguía dando un poco de cosa, pero acabé convenciéndome de que, si eran mis amigos, era por quien yo era y no por lo que yo tenía.

Así que mi madre y una amiga suya de toda la vida, Valentina, se encargaron de cocinar durante toda la tarde y me ayudaron a arreglar el salón (en realidad yo lo llamo comedor) y ponerlo todo a punto. Poco a poco fueron llegando, y verlos a todos en mi casa se me hizo raro. Además, como ya te he dicho, algunos de ellos pensaban que Cornellá era como el Bronx, un lugar peligroso al que no se podía acudir... Pero, al final, se trata de ir derribando prejuicios. Cuando estuvieron todos intenté congelar la imagen en mi cabeza, como una foto, un recuerdo para la posteridad. Había una mezcla de gente de diversos niveles adquisitivos, pero todos estaban compartiendo un buen rato y se alegraban por mi felicidad. ¡Me sentí supercontenta y orgullosa de haberlos reunido allí!

Si te soy sincera, ahora mismo siento que es ridículo lo que estoy escribiendo, porque hace ya demasiado tiempo que me di cuenta de que los prejuicios no traen nada bueno y que las diferencias, sobre todo en temas de dinero, no deben importar a la hora de hablar de amistad. Pero quería contártelo tal cual yo lo viví, porque para eso empecé escribiendo este libro.

Para contarte lo que más me ha marcado hasta ahora y decirte qué he aprendido de todo eso.

Y aprendí…

- Siempre voy a agradecer a mis padres la educación que me han dado. De ellos también he aprendido a tener los pies en el suelo, porque no importa dónde estés ni con quién te codees; mi familia es de origen humilde y yo eso siempre lo voy a llevar conmigo.

- En este colegio he aprendido sobre la gente y sus motivaciones en la vida. He conocido a personas con mucho dinero, pero muy llanas y con los pies en la tierra. Y también a otros muy altivos, que me han mostrado a lo que no me quiero parecer nunca.

- Aprendí de otras familias que no eran tan perfectas como parecía. En el fondo, todos necesitamos cariño, y tuve compañeros que por muy idílicas que pareciesen sus vidas, luego en confianza me confesaban no ser del todo felices.

- Con el tiempo me di cuenta de que las notas no son lo más importante. Que no a todos se nos da bien lo mismo. Que no te puedes frustrar por un número. Que hay ciertas cosas que no se aprenden en el aula.

Capítulo 7

UNA SONRISA QUE JAMÁS OLVIDARÉ

Llegados a este punto del libro, quizás te estés preguntando qué pasa con la familia de mi padre. De momento he hablado muchísimo sobre mi abuelo Eliseo, mis tíos, las Navidades, los cumpleaños en el huerto... Pero de la familia de mi padre, nada. Bueno, perdón, ¡algo sí te he contado! Haz memoria: Te dije que mi abuelo, el padre de mi padre, me llevaba al colegio alemán cada mañana durante los primeros años.

Bien, pues coge fuerzas porque aquí empieza la historia de mi padre.

Se llama Manolo. Bueno, en realidad no. En realidad, se llama Manuel, pero nunca he escuchado a nadie llamarle así. Fue hijo único y por eso las historias familiares se reducen bastante. Además, ¡comparado con las más de cincuenta personas que forman la parte de mi madre...! Para colmo, su padre era un señor muy frío que jamás mostraba sus sentimientos; era tan gélido en el trato que mi madre se refería a él como «el señor Manolo». Porque sí, él también se llamaba Manolo.

Tenía un bar de comidas en Cornellá, muy cerca de mi primer colegio y justo debajo de su casa. Se llamaba Bar El Faro. Trabajaba allí junto a mi abuela y ese era el lugar donde mi padre más tiempo pasaba por las tardes. Pero esto era así antes de que yo empezase a tener capacidad de memoria, porque a partir de ahí ella enfermó.

Era adoptada y tenía a su familia en Irún, en el País Vasco. Por la parte de mi abuelo Manolo, toda la familia estaba en Buenos Aires, Argentina. Así que mi padre, además de ser hijo único, no podría contar con el resto de sus familiares durante el año. Incluso le habían enviado a internados durante largas temporadas...

Pero hay algo que siempre me cuenta y son historias y más historias de sus veranos en Irún. Allí él era feliz. Pasaba los meses de calor junto a su primo Juan Carlos (al que todo el mundo llamaba Melendo), su novia Lourdes y el resto de amigos y familiares. El vínculo que tenemos con los de allí es tan fuerte que no hay año que no vayamos a verles o venga alguien aquí a Barcelona. No se lo he preguntado nunca, pero sé que para mi padre ese primo era mucho más que eso. Era como su único hermano. Por eso, él y Lourdes siempre han sido para mí como mis tíos, aunque no aparezca así en el árbol genealógico. Con los primos de Argentina también hay mucha relación gracias a las redes sociales, el WhatsApp y todo esto que ya sabes, pero están lejos y tenemos que conformarnos con vernos cada muchos años.

Los vínculos entre personas se establecen porque existe la voluntad de que así sea.

Volvamos a mi abuelo Manolo.

El comportamiento de este abuelo mío era muy extraño. Yo en aquel momento no era consciente, pero con el tiempo me fui dando cuenta. Al igual que mis padres.

Cuando murió nos enteramos de que había tenido una doble vida. En serio, ¡una doble vida! Yo pensaba que eso solo pasaba en las películas y en las telenovelas. Quizás, como mucho, a conocidos superlejanos. Pero mira tú por dónde... Con mi abuela se casó, pero, al poco de nacer mi padre, empezó una relación con otra mujer con la que tuvo una hija y con quien sí tuvo una relación de verdadera familia. Desconocemos el motivo, pero no tomó la decisión de separarse y vivió siempre así, a dos bandas. Lo curioso es que la otra familia sabía de nuestra existencia, pero nosotros no de la suya.

Creo que tengo que presentarte a mi abuela antes de seguir con esto.

Se llamaba Angelita y, después de destaparse esta historia, gente de su entorno nos explicó que ella alguna vez sospechó algo. Seguramente sabía cosas, pero en aquella época la posición de las mujeres era muy inferior a la de los hombres, por lo que decidió callar y tragar con todo ella sola. Por suerte, algo como esto, a día de hoy habría sido bastante diferente y ambas mujeres podrían haber denunciado la situación, al menos a nivel social. En cualquier caso, es una historia que nos entristeció mucho cuando la supimos. Sobre todo, a mi padre, que lo pasó francamente mal al pensar que su vida, al menos la de su padre, había sido una mentira.

Y sé que ahora mismo te estarás preguntando...

¿Qué pensaba mi abuela Angelita de todo esto?

¿Cuál fue su reacción al enterarse?

No lo sabemos. Ella había muerto varios años antes que mi abuelo. Y la historia de cómo murió es la que te voy a contar ahora.

A mi abuela Angelita, la mujer del «señor Manolo», como decía mi madre, la recuerdo siempre enferma. Cuando yo tenía unos dos años, ella empezó a tener problemas a la hora de hablar, aunque al principio no le dieron mucha importancia. Vivía en un segundo piso, encima de El Faro, como he dicho. Un día que estaba en el balcón conmigo aúpa, se cayó y se rompió un brazo. Pareció un accidente tonto y a mí no me pasó nada, pero tiempo más tarde volvió a caerse en la calle, al parecer ya tenía problemas de equilibrio.

Finalmente le diagnosticaron ELA (Esclerosis Lateral Amiotrófica).

La ELA es una enfermedad degenerativa que ataca a las neuronas encargadas de controlar los músculos voluntarios... Sí, esa es una definición que he buscado en internet muchísimas veces en mi vida, cuando me preguntaban por qué mi abuela Angelita iba siempre en silla de ruedas y no podía hablar.

Mi recuerdo de ella lo tengo cuando ya iba en esa silla. Aún interactuaba y hablaba. No podía tener conversaciones, pero te podías comunicar con ella, saber qué le pasaba. Un día vino a verme a la fiesta de la espuma del colegio y me acuerdo que le eché espuma en la cara y ella se rio muchísimo. Yo era feliz viendo cómo reía con aquella espuma en la nariz y en la frente... La siguiente fase fue cuando dejó de hablar, pero aún emitía ruidos ante cualquier necesidad, como cuando quería ir al baño o cambiar de postura. Ahí, si estaba bien, todavía sonreía y la notabas presente. Pero cuando se encontraba mal... Todos sufríamos al ver que algo no iba bien y que no conseguíamos adivinar qué era. Hubo un tiempo en que le dejábamos una libreta y un lápiz cerca porque así, cuando necesitaba cualquier cosa, mis padres o mi abuelo iban escribiendo 'baño' o 'girar' o 'comer' o 'beber' o 'volumen tele'... Y ella, con los ojos o con el lápiz en la mano (cuando aún podía) señalaba la respuesta.

Supongo que si has vivido una situación así o similar puedes estar imaginándote esa sensación de querer calmar su dolor y no poder.

Conforme iba empeorando, yo iba creciendo, siendo más consciente de lo que le pasaba. Para entonces ya estaba en una residencia, pues requería cuidados durante veinticuatro horas. No obstante, mi abuelo Manolo, a pesar de esa doble vida que tuvo, siempre la cuidó hasta el final. No había día que no lo pasase a su lado en la habitación de aquella residencia. Supongo que, al fin y al cabo, la quería.

A mí me daba pena porque me hubiera gustado conocerla en sus plenas capacidades, y también rabia, porque sabía que se iba apagando muy poco a poco, sin poder siquiera pedir ayuda por su propia boca. La enfermedad seguía evolucionando y en la siguiente etapa ya no podía ni señalar en una libreta. Nada.

Diez años

Íbamos mucho a verla a la residencia, tanto que incluso mi madre se encariñó con una señora que tenía una familia que no la visitaba demasiado. Se llamaba Manuela y tenía alzhéimer, una enfermedad que en sus inicios te hace vivir situaciones cómicas.

—Manuela, ¿qué buscas en esos cajones?

—Los *tickets* del tren.

—¿Pero de qué tren? ¿Qué *tickets?*

—Pues que viene mi marido de la guerra y tengo que ir a verle.

Y su marido hacía años que había fallecido. En realidad, el alzhéimer te borra los recuerdos más recientes y en una primera fase te deja intactos los de la memoria a largo plazo. Pero el tiempo es cruel y las enfermedades degenerativas dejarían a Manuela como a mi abuela, en una cama.

Cuando mi abuela ya dejó de «estar presente» y solo era un vegetal, mi padre me dijo que no fuera más a visitarla. Si le tocaba la mano, el pelo, la cara… ella no se daba cuenta. Supongo que él querría protegerme de no ver la peor de las evoluciones. Según contaba, tenía la mirada perdida y no respondía a ningún estímulo.

De verdad, no sabes la pena que a mí me daba acariciar su cara, tocarle el pelo, decirle un montón de chorradas juntas a cuál más estúpida para intentar llamar su atención de alguna manera y no ver reacción alguna. Yo solo esperaba un milagro o algo parecido. Esperaba que un día, de repente, un chiste malo le hiciese tanta gracia que no pudiese evitar moverse. Esperaba que, aun sin moverse, en algún momento sus ojos me mirasen y brillasen un poquito. Solo que brillasen un poquito...

Pero ese momento no llegaba. Los médicos ya lo decían y mis padres solo intentaban hacerme entrar en razón. Ella nunca más iba a poder moverse y de ahí la expresión de «vivir como un vegetal». Ahí fue cuando la escuché por primera vez.

Así que sí, estuve unos meses sin visitar a mi abuela Angelita.

Pero llegó el día de mi Primera Comunión, un 25 de mayo, y mis padres decidieron llevarme a verla. Al menos para compartir ese día con ella de manera simbólica. Mi abuela no era consciente de nada, pero para nosotros era importante ir. Nos plantamos en la residencia después de la misa. Yo iba con el típico vestido blanco de princesa y ciertas esperanzas de que me viese, aunque no lo expresara con los ojos ni hiciera muecas de felicidad. Así que me puse a bailar y a saltar delante de ella.

«¿Habéis visto eso?», pregunté a mis padres.

Había cambiado la cara, parecía que se estaba dando cuenta de que estábamos allí.

Me impactó muchísimo. Por un lado, me sentí bien, porque eso quería decir que estaba allí presente, con todos. Que no podía moverse ni expresarse, pero estaba participando en todo eso. ¡Nos estaba viendo y entendiendo! Por otro lado, me dio pena pensar que llevaba mucho tiempo sin ir a verla y que quizás ella se había dado cuenta de mi ausencia. O tal vez fue solo ese día, de forma puntual, y por los estímulos que le habíamos dado pudo expresar algo similar a una sonrisa.

Escribiendo esto he pensado que a lo mejor fue una ilusión mía. Que mis padres, al verme tan emocionada, decidieron seguirme el juego y fingir haber visto también esa sonrisa en la cara de mi abuela Angelita.

Papá, mamá, si estáis leyendo esto y tengo razón, nunca me lo digáis. Prefiero seguir creyendo que aquello pasó de verdad. Que conseguí hacer sonreír a la abuela aun cuando todo el mundo me decía que era imposible.

Llevo ya muchos minutos escribiendo con la piel de gallina.

Nunca olvidaré todos los trayectos de vuelta a casa desde la residencia. Me quedaba embobada mirando por la ventanilla del coche, pensando en qué debía pasar por la mente de mi abuela y por la del resto de personas en el mundo en situaciones similares.

Al poco, en septiembre del 2009, murió. Después de haber estado diez años en una cama como un vegetal.

Diez años.

No sé qué edad tendrás exactamente, pero, sea la que sea, sé que sabes que en diez años pasan muchas cosas. En diez años se vive muchísimo.

Son ciento veinte meses.

Son diez primaveras y diez inviernos.

Son muchos viajes, lejos o cerca.

Son personas maravillosas y momentos inolvidables.

Son muchísimas noches de verano.

Y canciones, muchas canciones.

Son muchas películas favoritas.

Diez años son muchas cenas en tu restaurante favorito.

Son demasiadas discusiones y muchísimas reconciliaciones.

Son incontables besos y abrazos.

Son muchos días de lluvia.

Son atardeceres, de tantos colores.

Son proyectos conseguidos y sueños frustrados.

Diez años abarcan mucho más de lo que nuestra memoria puede almacenar.

Diez años son más de la mitad de lo que han vivido muchas personas que ahora están leyendo esto.

Diez años son una eternidad para alguien que los vive desde una cama.

Porque no los vive.

Y, ahora, pasa esta página y escribe sobre lo que esta historia te ha hecho pensar...

Y aprendí…

- Sobre la dureza de la vida. Que no podemos reponernos de enfermedades como la que pasó mi abuela Angelita. Que incluso ante golpes tan fuertes como la historia de mi abuelo Manolo hay que continuar recibiendo amor de quien verdaderamente te quiere. Que a veces nos ponemos capas de hierro por encima para soportar esos golpes que nunca sabes por dónde vendrán ni cuándo, pero que, no hay duda, debajo de tanta capa hay alguien que siente, ama y sufre.

- Que siempre pensamos que esas cosas solo pasan en las noticias o a desconocidos, y tenemos que ser conscientes de que la vida es un regalo que tenemos que disfrutar al máximo. Cuidando y disfrutando con quien nos quiere.

- Aprendí más sobre esto que te acabo de decir, pero fue más adelante, así que te lo cuento pasados unos capítulos.

Capítulo 8

VIAJAR, VIAJAR Y VOLVER A VIAJAR

La afición por viajar creo que la heredé de mi madre. Vamos, estoy 100% segura. Siempre ha querido inculcarme que conocer lugares y culturas nuevos es bueno para desarrollarte como persona. Que desenvolverte en otro ambiente diferente al tuyo siempre te enriquece. Que salir, de vez en cuando, de la famosa zona de confort, hace que cuando regreses a ella, te sientas más completo. Además, todo viaje implica vivir experiencias bonitas o extrañas que luego recordarás con nostalgia. Y todas ellas, o casi todas, te harán aprender.

Mi madre y yo hacíamos un viaje juntas cada año desde que empecé a estudiar alemán. No olvidemos que lo que mi madre quería era que yo reforzara el idioma cuanto más mejor. Mi padre solía quedarse en casa con mi hermano, mientras nosotras teníamos unos días para conocer un poquito más de mundo y pasar un tiempo a solas. En mi colegio, en febrero, teníamos eso que llamaban «semana blanca», que era como un descanso entre Navidad y verano. La cuestión es que mi madre se reservaba siempre un par de días de sus vacaciones para pasarlos conmigo en esas fechas.

Un destino que quiero destacar es Berlín, el primer lugar al que fuimos las dos solas. La ciudad nos gustó bastante, pero yo solo llevaba un año en el nuevo colegio, así que comunicarme con la gente para algo tan simple como comprar el pan ya me suponía un esfuerzo. Mi madre no entendía nada, pero que yo hablase con un adulto en un idioma tan diferente al nuestro era como pasar un examen con buena nota. O no tan buena... En los restaurantes me hacía traducir la carta para luego ella elegir el plato que más le iba a gustar. A ver, a mí en el colegio me estaban enseñando vocabulario relacionado con la geografía, la historia o las matemáticas. Pero a lo mejor no sabía la traducción

de las palabras 'coliflor' o 'alubias', así que a veces intuía lo que ponía por el contexto y el que me faltaba me lo inventaba sobre la marcha. Luego venía el camarero con el plato, mi madre se me quedaba mirando y yo le replicaba.

«Se habrán equivocado en la cocina».

Para dormir, nos hospedábamos en un hostal. Allí compartíamos habitación con otros jóvenes que iban, como nosotras, de mochileros por la vida. De esta manera es bastante fácil conocer gente, y más para mi madre, con lo que le gusta hablar a ella. De verdad, le encanta hablar. A mí me gusta mucho también, lo reconozco, pero es que lo de ella es otro nivel. Entablaba conversación con cualquiera, porque se defiende con el inglés. Y si no se hacía entender, el lenguaje corporal también le valía. Por aquel entonces yo estaba teniendo la típica época de «mama, cállate, qué vergüenza», así que me callaba y me quedaba escuchando. Pero claro, a ella le gustaba ver a la niña hablando en alemán e inglés, y no paraba de darme codazos mientras me decía: «Va, Paula, pregúntale adónde podemos ir mañana» o «Dile lo que hemos hecho hoy». Y yo acababa haciéndolo. Sabía que a ella le hacía ilusión y a mí no me costaba nada el esfuerzo. Allí la única persona que podía salir perdiendo era quien estuviese con nosotras en ese momento.

En la habitación de aquel albergue había una chica que parecía india, pero hablaba un inglés con perfecto acento americano. Luego supimos que había nacido en los Estados Unidos, pero sus padres eran de la India (ay, la India..., y yo en ese momento sin saber que, años más tarde, viviría allí algo que nunca iba a olvidar). Estuvimos un buen rato hablando con ella y nos explicó bastantes cosas, entre ellas, su opinión sobre la guerra de Irak y cómo de cerca vivió el atentado del 11 de septiembre. Esta chica deslumbraba por lo mucho que sabía y lo bien que se expresaba, y de hecho para mí ha sido importante conocerla porque recuerdo su charla como una de las primeras conversaciones interesantes que he tenido en mi vida.

La curiosidad por saber y conocer es uno de los principales rasgos que hacen a alguien atractivo para mí.

Aprovechando la visita a la ciudad, mi madre contactó con una familia alemana que había conocido en su viaje a Ucrania, durante el proceso de adopción de mi hermano. Aquel fue un momento importante en su vida, así que le hizo ilusión pensar en un reencuentro. Apuntó la dirección, cogimos un mapa y allá que nos fuimos a buscarla. Lo más curioso es que callejeamos mucho por la zona, pero no encontrábamos el sitio exacto. Buscábamos la típica fachada de pocos metros de ancho y quizás varios pisos de alto. Dimos vueltas por una plaza, un poco despistadas, hasta que caímos en la cuenta de que no nos habíamos perdido. La casa era tan grande que no se nos había pasado por la cabeza que aquel enorme muro con esa mansión detrás fuese el lugar que estábamos buscando.

Fue un poco sorprendente descubrir la casa de aquellos padres. ¿Y si en vez de a la niña que ahora era su hija, se hubiesen llevado a mi hermano? ¿Habría sido muy diferente su vida a la que tiene hoy? ¿Cómo hubiera sido la nuestra si hubiese sido esa niña mi hermana? A mi madre le impactó la visita porque también le hizo reflexionar sobre el hecho de que cuando conoces a alguien en un lugar neutral, no sabes qué hay detrás de la vida de esa persona. Por mi parte, me recordaban mucho a las familias de mi colegio. No solo por la casa gigante, sino por las formas de hacer las cosas o incluso por los objetos que había a la vista en la cocina.

Mi madre y yo seguimos viajando durante unos cuantos años más, hasta que yo comencé a ir por libre. Durante aquella época fuimos a Frankfurt, Londres, Berlín... Al cabo de unos años retomamos la idea y volamos a Vietnam junto a mi tía Lourdes, la de Irún. No sabría decir qué viaje me gustó más, porque si algo tienen los viajes es que en su recuerdo influyen mucho la compañía, el momento y el estado de ánimo. De lo que sí estoy segura es de que cada uno fue una aventura única e inolvidable. Que en todos y cada uno de esos albergues aprendí algo nuevo. Que coliflor en alemán es *Blumenkohl* y alubias *Bohnen.*

Y aprendí...

- Viajar solo con mi madre era divertido y a ella la veía contenta conmigo. Para mí, poder desenvolverme en Alemania con ella a mi lado era una manera de demostrarle que merecía la pena todo el esfuerzo que estaban haciendo mi padre y ella con mi educación.

- A partir de la conversación que tuvimos con la chica estadounidense, empecé a tener un interés especial por entender las opiniones de los demás. Empecé a aprovechar los viajes para conocer gente nueva y buscar perspectivas diferentes a lo que veía en la tele.

- Tengo buen recuerdo de Berlín por la historia que tiene la ciudad detrás, entre otras cosas. Es muy interesante visitar un lugar que luego vas a estudiar en el colegio o, al contrario, visitar algo cuya historia ya conoces.

- Es bonito ver los diferentes pensamientos que existen sobre un único tema. Y no es lo mismo crear una opinión en función de lo que te cuentan los medios que mediante el análisis de lo que relatan personas que viven ciertas situaciones de primera mano. Obviamente esto no siempre es factible, pero me encanta intentarlo siempre en la medida de lo posible.

- Que alguien tenga una idea contraria a la tuya no significa que debas convencerle. Ni que él pueda hacerte cambiar de parecer a ti. Es genial ver cómo dos personas pueden congeniar respetando sus diferentes creencias.

Capítulo 9

NO

Seguro que me has escuchado decir en algún vídeo que no tengo muchos amigos. Te voy a explicar por qué.

Del colegio alemán sí que tengo amigos, pero apenas tenemos contacto. Cuando eres pequeño y vas a la escuela del barrio, lo normal es que algunas tardes puedas quedar para jugar con tus compañeros de clase. Así, poco a poco, vas conociendo a esos niños y construyendo una relación que se puede mantener (o no) en el futuro. Además, influye mucho que los padres entre sí también congenien y creen un vínculo. De esa manera os podéis ver en comidas, cenas y excursiones más allá del colegio. Pero en mi caso, no tenía ni siquiera esa opción, pues muchos niños de mi colegio vivían muy dispersos desde el punto de vista geográfico. Cada mañana, había unos autobuses que recorrían varias ciudades y pueblos de Cataluña para recogerlos y al finalizar la jornada se volvían a sus casas. Esto hizo que no tuviera un grupo de amigos cercanos físicamente. No podía coger un día y decir: «Ven a merendar a casa» o «¿Vamos a dar una vuelta?». Porque si alguno decidía venir, tenían que traerle en coche o tardaba casi una hora en transporte público. Y piensa que en esos momentos tendríamos unos doce años.

Más tarde, pasados los quince, sí quedábamos en casa de algunos o íbamos a cenar y esas cosas, pero…

Mi madre siempre me ha querido controlar bastante. Y me ha impuesto su propia disciplina, que te la resumo en:

«La Teoría del No».

Lo que ella quería evitar es que yo diera por hecho que, cada vez que me apeteciera, podía ir a casa de cualquiera. Todo era que no. Yo preguntaba por qué y su respuesta era «porque no». Por ejemplo, si alguien de clase me invitaba a ir a merendar a su casa (ya no te digo ir a cenar) cualquier día de la semana, yo ya sabía que mi madre me iba a decir que no. Porque para que fuera sí, tenía que ser un evento especial, como por ejemplo un cumpleaños, un sábado o un festivo. Yo me enfadaba mucho con aquello del no, no y no. Me solía meter en las conversaciones de los adultos para entenderlo todo, pero es cierto que para determinadas cosas hace falta que la voz de la experiencia te vaya marcando el camino. Tengo presentes muchos recuerdos en los que estoy con la gente del cole mientras ellos hablan de fiestas en las que yo no había estado. Me sentía fatal por ello y se lo recriminaba a mi madre.

Esa teoría que, cuando eres adulto, te alegras de haber conocido. A veces.

El día que era que sí..., yo me ponía supercontenta e intentaba que todo saliese perfecto. Porque para un día que me decían que sí, tenía que aprovecharlo al máximo. Era lo que mi madre me argumentaba con:

«Tienes que aprender a aceptar un NO, porque cuando te diga que sí, te pondrás más contenta y lo valorarás más».

Y otras veces decía:

«Tienes que saber lo que es un NO en la vida».

El caso es que, a pesar de reconocer que «la teoría del no» hizo su efecto positivo en mí, quizás tuvo su pequeña parte de culpa para que yo no tuviera un círculo de amigos más cercano. Había planes a los que ni me invitaban porque ya conocían la respuesta. No me avisaban porque sabían que les iba a decir que no me dejaban ir. No recrimino eso a nadie; entiendo que si ya sabes una respuesta, te ahorras hacer la pregunta.

Precisamente por haber tenido una infancia con bastantes cambios de ambiente, las amigas que hice entonces son muy distintas entre sí. Una es mi vecina, Mariam, y otra es de Lloret de Mar (donde veraneé algunos años con mis padres). Y luego están las del colegio alemán. A todas las veo muy poco. Demasiado poco.

Pero quien más culpa tuvo en todo esto fue una niña que por aquel entonces tenía quince años y justo empezaba con su primer novio.

Yo.

No supe combinar lo de tener pareja con mantener el contacto con los amigos. Me sentía tan a gusto cuando estábamos juntos que muchas veces decía que no a planes con mis amigas porque prefería estar con él. No me arrepiento de aquello, porque ya forma parte de mí, pero ahora me da un poco de pena pensar en el tiempo que ya no puedo recuperar.

No sé si en el momento en que estás leyendo esto estás en algún tipo de relación con alguien. De cualquier forma, no dejes de lado tus amistades. No lo hagas. Intenta tener tiempo para todas esas personas que te aprecian, esos a quienes consideras amigos.

Sobre todo, porque quien puede parecer el amor de tu vida quizá luego no lo sea. Pero ese es otro capítulo en mi vida. Y sí, también es otro capítulo de este libro. ¿O pensabas que iba a contártelo todo excepto esa parte?

En definitiva, con el tiempo me he llevado muchas decepciones. Personas que parecían querer cuidarte y acababan haciendo todo lo contrario. Personas a las que acabas queriendo olvidar. Gente que dice, pero no hace. Al final, me he dado cuenta de que no basta con decir. Que incluso solo haciendo puedes demostrar.

Por eso al final me he ido volviendo un poco «exigente» o «rara» en este sentido.

Me gusta la gente que me aporta, con la que se puede hablar, aunque no opinemos lo mismo. Que me argumente sus razones y escuche las mías. ¡Me encanta filosofar y pasarme ratos larguísimos debatiendo sobre la vida! A mí es que me enamora la mente de los demás, te lo digo en serio. Me encanta. Cualquier buena persona a quien le guste intercambiar mil historias y tenga sentido del humor..., tiene un hueco en mi corazón.

100%.

Estoy acabando el capítulo y siento que tengo que ser un poco más sincera contigo.

Porque echo de menos.

Echo de menos tener un grupo de amigos. O amigas.

Echo de menos alguna llamada de vez en cuando.

Alguna propuesta para ir a cenar.

Echo de menos una conversación larga por WhatsApp.

Echo de menos lo que tanto veo en las redes sociales.

Cenas, comidas y días que se convierten en tradición entre amigos.

Echo de menos no encontrarme tan sola.

Esto tiene mucho que ver con uno de los últimos capítulos, pero quiero adelantarte algo:

En estos meses me he sentido muy pero que muy arropada por todas esas personas que seguís lo que hago, disfrutáis con ello y lo valoráis. Esa sensación de ver que hay gente sonriendo detrás de la pantalla tras ver un vídeo mío es indescriptible.

En cierto modo, creo que, si tengo tanto cariño para dar a las personasguapas, es porque lo necesito. Porque en mi cabeza siento que entre todas ellas hay muchas en las que podría llegar a confiar.

Pero en mi día a día, en mis bajones y en mis agobios, me siento sola.

Tengo a mis padres, lógicamente. Y tengo al Ales.

Pero ya.

Noto que con el paso del tiempo he ido perdiendo el contacto con muchas de esas personas con las que no debería haberlo perdido nunca, pero ha sido así, y ahora, muy de vez en cuando, empiezo a darle vueltas al tema y me meto en un bucle del que no salgo.

No sé si me conoces desde hace mucho tiempo. Ni siquiera sé si me conoces, porque quizás has visto este libro de casualidad (en ese caso, ¡me honra que hayas llegado hasta aquí!). A lo que iba..., que no sé si los viste, pero hace unos meses subí unos vídeos a Instagram donde, llorando, decía que me sentía sola.

Esto nunca lo dije entonces, pero en aquel momento el Ales y yo lo habíamos dejado. Todo fue por una discusión, una de las grandes.

Y me vine abajo.

Aquella ruptura no duró ni un día. Pero fue el tiempo suficiente para darme cuenta de que no tenía a nadie a quien acudir para explicarle lo que había pasado. No había nadie a quien le importase ni preocupase lo que acababa de suceder. Me sentí fatal. Estuve un rato muy pero que muy largo en una situación rarísima. Recuerdo que estaba sentada en la cama y veía mi vida cual espectadora. Era como si estuviese sola en una sala del cine, comiendo palomitas en mi butaca mientras en la pantalla proyectaban lo vivido en los últimos meses. Me di cuenta de que estaba demasiado centrada en lo profesional y que había abandonado por completo mi vida más personal. La cosa está en que, a día de hoy, no sé diferenciar, precisamente, entre mi vida profesional y mi vida personal.

Y creo que estoy entrando en un tema que, como te he dicho, llega casi al final del libro.

Y aprendí...

- Que no hace falta tener muchos amigos para sentirte plena, pero es bueno tener al menos alguien en quien confiar y con quien compartir.
- Que tu pareja puede ser tu novio y tu amigo. Pero que no sea el único.
- Que la amistad, como el amor, hay que cultivarla. Dedícale tiempo a la gente que te importa, porque las amistades solo son para siempre si tú realmente quieres que sean para siempre.
- Que hacer amigos cuando somos pequeños es relativamente fácil. Pero son amistades difíciles de mantener en el tiempo, cuando cada persona va encontrando su propio camino en la vida. No es malo alejarte de esa gente, pero contáctales de vez en cuando. Fueron importantes durante una época de tu vida.

Capítulo 10

UN VIAJE QUE MARCÓ MI VIDA, PARTE UNO: NAHALI

—¿Te vienes con nosotros a la India?

Así, de sopetón. Iba a empezar el verano de 2013 y la India no estaba entre mis planes, pero cinco amigos del colegio, el alemán, me propusieron lo que en principio iba a ser un planazo: dos semanas haciendo un voluntariado en Calcuta y otras dos viajando por la India. ¿Cómo podía renunciar a eso? Confieso que no es un país al que le tuviera muchas ganas, antes había pensado en ir a Estados Unidos o al Sudeste Asiático. Pero me encanta viajar, tenía dinero ahorrado de mi trabajo como azafata y ellos, además de ser un grupo de gente maja con los que tenía más o menos confianza, ya tenían algunas ideas de cómo organizar el viaje y el voluntariado.

Era fácil sumarme a la aventura, solo tenía que adaptarme a lo que ellos ya habían planeado.

No sabía lo que me iba a encontrar, pero estaba bastante ilusionada por el viaje. Cuando llegó el día, salimos desde el aeropuerto de Barcelona, hicimos escala en Helsinki, aterrizamos en Nueva Delhi y de allí cogimos un vuelo interno hasta Calcuta. Nuestro destino final era una de las ciudades más pobres de la India, que en sí ya es uno de los países más pobres de todo el mundo, y realmente no éramos conscientes de lo que nos esperaba.

Viajar en avión es como teletransportarse.

Te subes a un avión, ves alguna película, lees y, si puedes, duermes un rato y de repente apareces en un lugar distinto al tuyo, que no sabes realmente cómo de diferente es hasta que lo *pateas*. Aunque no nos hizo falta, bastó con bajarnos del aparato para que nos golpeara una de las principales diferencias con España. El calor y el olor que había en el ambiente eran intensos y asfixiantes, tanto que mis compañeros y yo nos miramos y no dijimos nada. A pesar de ello, no nos dio tiempo a recomponernos porque tuvimos que tomar un taxi para llegar al hostal, soltar las maletas e ir a registrarnos como voluntarios.

El trayecto del aeropuerto al hostal en aquel primer taxi ya fue alucinante. Me impactó demasiado el tráfico que había en aquella ciudad. Nunca en mi vida había visto tantos coches juntos, tantas motos, tanta gente cruzando las calles sin ningún tipo de orden. Tanto coches como motos giraban sin hacer uso alguno de los intermitentes. En lugar de eso, pitaban. Pitaban y pitaban sin parar. Y seguían pitando. Era impactante cómo después de cada bocina venía otra e incluso varias al mismo tiempo. No había un segundo de descanso. Por no haber, no había ni carriles.

Llevo un rato leyendo y releyendo esas últimas líneas porque siento que quizás no estoy describiendo la situación a la perfección. Pero haciendo homenaje a esa plataforma de vídeos que tanto me ha dado en estos últimos meses… Antes de seguir, coge el móvil o enciende el ordenador, ve a YouTube y escribe: «tráfico en Calcuta» o «tráfico en la India».

Pues eso.

Además, piensa que éramos cinco y que íbamos embutidos en ese taxi con todas las mochilas a cuestas, porque obviamente en el maletero solo cupieron unas pocas. Hacía un calor muy extraño, un calor que yo nunca había sentido. Al final, todos llegamos a la conclusión de que el mejor ejemplo para describir aquella sensación era pensar en una sauna. Respirábamos y teníamos que hacer un esfuerzo porque parecía que aquello te ahogaba. Lo que inhalábamos era caliente y no pasaba nada de aire por la calle. Por suerte, las ventanas de aquel taxi estaban bajadas y cuando no estábamos parados durante veinticinco minutos por el tráfico, podíamos sacar los brazos y la cabeza por las ventanillas y fingir que aquello era aire puro y fresco. Pero de eso nada. Aquello no era aire fresco. Y mucho menos puro.

Así empezó la aventura en la India, donde la pobreza se ve, pero también se huele, se siente. Porque andar por la calle no es fácil. Al impacto visual se le suma que Calcuta huele a pis, a basura, a carne descomponiéndose. De repente, mientras estábamos bajando las maletas del taxi, algunos de nosotros vimos cómo un chico escupía sangre al suelo.

Llegamos al hostal y dejamos todas las mochilas en la habitación. Dormíamos todos juntos en cinco camas individuales colocadas unas al lado de las otras sin ningún tipo de hueco en medio. A mí me tocó en un extremo.

En estos momentos yo pensaba que lo había visto todo. Aquel trayecto en el taxi me dejó en *shock*, pero a la vez me hizo sentir muy contenta de estar allí. A través de la ventanilla izquierda del asiento trasero del coche pude ver a mujeres y niños vendiendo en la calle, hombres arreglando motos y cortando carne, casas que solo había visto en películas y documentales, animales callejeros esquivando coches y motoristas cargando desde cuatro personas hasta neveras. Sentía que iba a aprender mucho allí, que iba a conocer y a entender, a ver cosas que jamás había visto y que, sobre todo, jamás habría imaginado que algún día podría llegar a ver.

Pero volvamos al hostal.

Una vez habíamos dejado nuestras cosas en la habitación, salimos de aquel edificio de tres plantas y nos dirigimos a donde teníamos que apuntarnos para poder ayudar como voluntarios.

Aquel recorrido formaría parte de un trayecto que tendríamos que repetir cada día.

Un trayecto que nunca olvidaré.

Para llegar a la casa-hospital teníamos que atravesar un barrio entero. Cuando nos adentramos por esas calles, el olor a carne cruda y en descomposición nos envolvió de tal manera que todos nos llevamos las manos a la boca y a la nariz para no respirar aquello. Pero aún quedaba mucho por caminar. Aquel olor venía de todos los puestecitos a pie de calle que ocupaban todo el paisaje. Mirase a donde mirase, me encontraba con alguna de esas tiendas ambulantes en donde colgaban cabezas de vaca, cuerpos enteros de animales, huesos, sesos y otras partes de animales que ni siquiera sabía reconocer. Tanto hombres como niños y mujeres cortaban, limpiaban y despellejaban sin parar. Tiraban todo lo que no querían vender al suelo, sin miramientos, daba igual dónde cayese. Piel, pelaje, grasa, huesos... Todo al suelo.

Pensaba que me había introducido en alguna especie de libro antiguo.

Sentía que estaba caminando entre el decorado de alguna película.

El agua que goteaba de todo lo que colgaba iba a parar a ese mismo suelo. El mismo suelo por el que estábamos caminando. Bueno, en realidad, en ese momento yo ni siquiera era consciente de estar caminando. Estaba demasiado ocupada intentando entender todo aquello. Intentando ser consciente de que eso formaba parte del mismo mundo en el que yo vivía. Intentando que mi cabeza pudiese abarcar todo lo que significaba estar tan lejos de casa. Tan lejos de la única vida que yo conocía.

Hasta entonces.

De repente, entre tanta reflexión e intentos por esquivar charcos de colores extraños y olores fuertes, caí en un detalle que me chocó bastante:

La mayoría de toda aquella carne era de vaca.

¿No se suponía que en la India las vacas son sagradas?

Pues no.

Descubrí que no es exactamente así. Para los hindúes sí son sagradas, por eso no las tocan y ellas campan a sus anchas. Pero los musulmanes sí se alimentan de vaca, ellos lo que no comen es cerdo. Y es que, en la India, la religión mayoritaria es el hinduismo, pero un alto porcentaje de la población practica el islam.

Y sí, el barrio que estábamos atravesando era justamente el barrio musulmán de Calcuta.

Aquellos puestos, como los del resto de barrios, eran construcciones de planta baja o casetas en la acera que de día se usaban para vender comida (o lo que fuera) y de noche para dormir; eran los hogares de aquellas personas. Por las mañanas abrían las persianas, montaban el tenderete en la calle y allí que se ponían a vender. La imagen era realmente llamativa, pero el olor es lo que más se me pegó a la memoria. Además, en las calles de Calcuta es normal ver lavabos no muy higiénicos al aire libre. Les llamo lavabos para que entiendas qué era lo que la gente iba a hacer allí, pero en realidad eran pequeñas paredes de cemento que, puestas una al lado de la otra, formaban una hilera de cabinas abiertas en las que hombres y mujeres entraban a hacer sus necesidades, ya sabes.

De golpe, el olor se hizo mucho más intenso. Ya no olía a carne, ni siquiera a agua estancada en aquellos charcos. Nunca en mi vida había sentido un olor así. Nunca.

Seguimos caminando y, después de dos calles, aquello era inaguantable. En seguida notamos que el hedor venía de nuestra izquierda y todos volteamos la cabeza a la vez. Lo que vimos fue impactante. Había una montaña de basura enorme. Ocupaba todo un descampado del tamaño de un edificio y era de alta igual que los bloques que estaban a su lado. Había de todo, desde comida putrefacta hasta plásticos, cartones, orines, heces de persona y animal, animales muertos... Lo que más me sorprendió fue ver un montón de buitres revoloteando por encima de aquella montaña y posados encima de ella. Si tienes o buscas información sobre los buitres, entenderás por qué me impactó tanto. Son animales carroñeros, o sea, que comen animales muertos. Por eso sobrevuelan siempre encima de seres vivos que están a punto de morir, esperando a que llegue su hora para bajar y empezar con el manjar. Y eso es lo que estaban haciendo, esperar.

Dicen que el sentido del olfato es mucho más sensible que cualquiera de los otros cuatro, y que los recuerdos que están relacionados con los olores tienen una carga emocional muy fuerte.

Sé lo que significa porque ahora mismo, explicándote todo esto, vuelvo a sentir aquel olor de las calles de Calcuta en mi habitación, en Cornellá, a 8.085 kilómetros y 1.643 días de distancia.

Cuando conseguimos llegar a la casa-hospital donde teníamos que apuntarnos como voluntarios, vimos que había muchísimos occidentales ofreciéndose para lo mismo. Antes o después, todos iban a ser aceptados porque una regla no escrita dice que ninguno puede ser rechazado.

En realidad, hacer un voluntariado allí es tan fácil como llegar y decir que quieres colaborar con ellos. Nada de registros previos ni entrevistas extrañas. Ni siquiera un formulario por internet. Nada de transferencias bancarias o asteriscos y letra pequeña. Allí, como en cualquier otro centro, supongo, cualquier ayuda es bienvenida. Nadie viaja desde tan lejos a una ciudad como Calcuta y dice querer ayudar sin quererlo realmente.

Había cuatro centros en los que podíamos ayudar:

Un orfanato con niños y niñas cuyos padres los habían abandonado.

Una casa en la que acogían a ancianos con discapacidades mentales o físicas.

Un hospital en el que se encontraban mujeres en estado terminal.

Y un centro en el que tendríamos que cuidar de niños y jóvenes con discapacidades físicas y psíquicas.

Mis amigos y yo acabamos ofreciendo nuestra ayuda a niños discapacitados.

La gran mayoría tenían cuerpos atrofiados, algunos con parálisis cerebral, otros no andaban, otros tenían espasmos… El principal problema de estos niños es que no tienen ninguna enfermedad diagnosticada por falta de recursos, y por tanto no se les trata como se debería. Desgraciadamente todo se reduce al dinero, sus familias seguramente son pobres y dejaron a sus hijos en manos de la caridad. Otros fueron encontrados en la calle, tirados en alguna cuneta o escondidos en algún callejón.

Me están viniendo muchas imágenes de aquellos días a la cabeza y ni siquiera he empezado a describírtelos...

Pero deja que te explique algo primero, porque cierta historia llamó mucho mi atención.

En la India sigue existiendo el sistema social de castas y eso significa que hay un porcentaje de la población a la que clasifican como «intocables». Son los Dalits, personas que, por ser hijos de sus padres, ya nacen con el estigma de la *intocabilidad*... Aunque cada vez en menor medida, se supone, ser un intocable significa tener que vivir en condiciones infrahumanas. Significa que no eres digno del respeto por parte de personas pertenecientes a clases sociales que están por encima de la tuya. Significa que te marginan. Significa que no mereces lo que otros sí. Que tienes prohibida la entrada a tiendas y comisarías. Significa que, si vas al colegio, no puedes beber de la misma fuente que los demás. Y que para comer no puedes mezclarte con el resto de niños. Significa que sufrirás discriminación por parte de compañeros y profesores. Ser un intocable significa que tienes prohibido usar ropa limpia o calzado. Tienes prohibido estar de pie sin mirar hacia el suelo. Y, lo peor de todo, significa que estás determinado por nacimiento a ser lo que eres.

Pensar en que aún hay culturas en las que existe este sistema de castas me hace darle muchas vueltas a todo. A lo que significa el destino. A la importancia que tiene el lugar en el que nacemos.

En medio de todo eso, me venía a la mente aquello que me dijo mi madre en los primeros tiempos del colegio alemán:

«Paula, no todo el mundo nace en el mismo lugar ni con la misma gente».

Y habría que añadir:

Ni con las mismas oportunidades. Ni opciones.

Esa casualidad... Maldita casualidad.

Nacer en un lugar u otro ya determina nuestras vidas. Para siempre. Podremos cambiar o, al menos, intentarlo, pero esa determinación siempre existirá.

Caminando por las calles de Calcuta me daba cuenta de tantas cosas... Parada en la acera contemplando todo ya estaba empezando a aprender.

Nuestro día comenzaba bien temprano, sobre las 6 de la mañana, con el desayuno en común que hacíamos todos los voluntarios en la casa principal. Ese desayuno consistía en un plátano, una taza de té y una rebanada de pan de molde. Después de eso, nos íbamos cada uno a nuestro centro de trabajo. El nuestro no tenía pinta de hospital, sino más bien de albergue grande, y había varias plantas con camas y cunas y algunos juguetes que habían ido llevando otros voluntarios.

La actividad principal se centraba en la rehabilitación de los niños, que hacíamos en una sala amplia donde había muchos colchones y toallas. Sin embargo, ninguno de mi grupo de amigos éramos fisioterapeutas ni estábamos formados para ello. Y lo mismo pasaba con el resto de chicos y chicas que estaban allí para ayudar. ¿Qué teníamos que hacer, entonces? ¿Cómo sabíamos qué necesitaba cada persona? ¿Qué les gustaba? ¿Qué no?

En esa misma sala, había una estantería llena hasta arriba de álbumes de fotos.

Pero no eran álbumes de fotos.

En las portadas de cada uno de ellos se podía leer un nombre distinto, el nombre de cada niño. En realidad, eran como el informe médico más casero del mundo. En esas libretas estaba la clave de cómo hacer sonreír a esos chicos. Y de cómo no hacerles daño. Voluntarios que habían estado allí en el pasado, con más conocimiento sobre medicina, fisioterapia o psicología, habían conseguido averiguar qué tipo de masajes o posturas eran beneficiosos para cada uno de los chicos que vivían en esa casa. También habían logrado aprender, durante el tiempo que habían pasado cuidándolos, qué gestos, caricias o canciones les hacían reír, disfrutar y, en definitiva, ser felices por un rato. Todo estaba escrito en inglés, y diversos dibujos de cómo moverles las extremidades o cómo colocarles para comer o dormir acompañaban los textos. De esa forma, y con las aportaciones de otros voluntarios, se iba generando un historial que nos permitía hacer todo lo que estaba en nuestras manos.

Recuerdo que, lo primero que hacíamos al llegar, era sacarles de sus camas. Eran como cunas, unas más grandes y otras más pequeñas, pero todas tenían barrotes en sus cuatro lados para evitar que quien durmiese en ellas cayese al suelo durante la noche. Los colocábamos en sillas de ruedas o sillas normales, porque no había de las primeras para todos. En ese momento empezábamos a deshacer las camas, que en su gran mayoría siempre estaban llenas de orines y heces.

Te estarás preguntando si no llevaban pañales... Sí, llevaban, pero eran de tela.

Esas telas, junto a las sábanas, las subíamos al terrado, las introducíamos en un bidón muy grande con agua y un detergente que también olía muy fuerte.

Ese olor lo reconocería unos días más tarde, desde la cama del hospital.

Con los pies descalzos, nos íbamos turnando para entrar de uno en uno en aquel bidón y pisar las sábanas.

Lo sé, suena asqueroso. Y estás pensando que tú jamás lo harías. Que jamás te meterías descalzo en un cubo gigante lleno de sábanas con orines y heces para frotar con tus pies.

Sé que estás seguro de ello. Pero, créeme, en ese momento harías cualquier cosa por esa gente. Sientes que necesitan tu ayuda y das todo lo que está a tu alcance para poder mejorar sus vidas, aunque sea por un momento. Aunque tengas que pisar esas sábanas descalzo.

Una vez estaba todo bien frotado lo llevábamos a enjuagar, se tendía y en muy poco rato estaba seco y listo para volver a colocarlo en su sitio. De algo tenía que servir aquel calor tan insoportable.

Con las camas hechas y los pañales cambiados, entrábamos en aquella sala de masajes donde había mantas en el suelo para tumbar a los niños. Cada voluntario era responsable de uno de ellos y, antes de masajearlos, buscábamos su nombre en los álbumes y empezábamos a leer.

Me acuerdo perfectamente de la chica con la que yo estaba.

Se llamaba Nahali y tenía veinticinco años. ¡Pero aparentaba diez! Nunca sabré qué enfermedad tenía, lo que era evidente es que no podía mover gran parte del cuerpo y tenía muchas deformidades. Babeaba mucho y por eso yo cogí un largo trozo de papel para ir limpiándola. Luego leí eso mismo en el libro: un voluntario que había estado con ella meses atrás escribió que, si no se secaba la baba rápidamente, enseguida se irritaba toda su barbilla y, al no poder moverse, Nahali lloraba sin poder hacer nada. Hice todo cuanto ponía en aquella libreta. Masajeaba su cadera y sus lumbares, flexionaba sus rodillas y movía los dedos de sus manos. Y llegué a la mejor parte: alguien en el pasado había descubierto que a aquella chica de veinticinco años le encantaba que le tocasen el pelo.

Nunca me olvidaré de su mirada en el momento en el que puse una de mis manos sobre su cabeza. Como te he dicho, tenía muchas deformidades, también en la cara. Pero esa sonrisa la vi enseguida. Parecía que me hablase con solo mirarme. En ese momento supe que ella era muy consciente de lo que yo estaba haciendo. Me di cuenta de que, no sé cómo, pero aquella chica de Calcuta sabía por qué estaba yo allí. Y me estaba dando las gracias.

Para cuando terminábamos los masajes y los juegos ya era la hora de comer.

Una sopa que nunca supe qué ingredientes llevaba.

Ese era el verdadero *show*. Algunos gritaban, otros tiraban el plato al suelo, había quien vomitaba o incluso metía la cabeza en la comida. Era complicado, pero tenías que hartarte de paciencia y mucho cariño porque, al final, eso era lo que ellos más necesitaban. Nahali escupía la comida en el plato una y otra vez. Pero tenía que comérselo, si no, ¡no podría probar bocado hasta la noche! Pensé en qué podía hacer para que se calmase y empezase a comer tranquila.

¡El pelo!

Pues sí, eso hice. Me puse a acariciarle la cabeza con una mano mientras con la otra cogía la cuchara y se la acercaba a la boca. Como por arte de magia, empezó a comer y a mirarme otra vez con esa cara de felicidad y agradecimiento.

Una vez terminábamos con la comida, les limpiábamos y acostábamos de nuevo en sus camas para que descansasen. Entonces nosotros volvíamos al albergue.

De las dos semanas de voluntariado que se suponía iba a hacer, no llegué ni a la primera. Una mañana me levanté muy rara, con un dolor de cabeza muy fuerte y sin poder moverme bien.

Ahí es donde empieza la segunda gran historia de este viaje.

Y sí, vuelvo a dejaros una hoja en blanco. Ya sabes para qué...

Capítulo 11

«AHORA MISMO ESTÁS COMIÉNDOTE ESTA GALLETA»

La segunda gran historia del viaje a la India no te la voy a contar aquí. En este capítulo te voy a hablar de algo que me ha gustado hacer desde siempre...

Creo que las diferentes etapas por las que pasa una persona provocan cambios reales. Como si fueran varias personas en una misma vida.

Estoy convencida de que hace dos años yo era diferente de como soy ahora, hace cinco ni te digo, y seguramente, en un tiempo, sea bastante distinta a quien soy hoy.

Siempre me ha gustado mucho pensar en esto y, a raíz de la muerte de alguien muy importante para mí, empecé a darle más vueltas.

Al ser consciente de que esa persona se había ido para no volver, quise imaginármela en todas sus etapas, quise visualizar todos sus «yos». Lo imaginaba de pequeño, de joven, de amigo, de hermano, de padre, de novio, de marido, de hijo...

En aquel entonces yo debía de tener unos doce años, así que todavía podía ponerme en contacto con mis otros «yos». Sé que suena a locura, pero es un ejercicio que hago desde entonces y que me encanta.

En determinadas situaciones, cuando siento que el momento es importante como para quererlo recordar en un futuro (o, mejor dicho: para no quererlo olvidar), junto los máximos detalles de la escena y los repito para mí. Dejo constancia de lo que estoy haciendo exactamente, o sea, de lo que estoy viendo, de cómo voy vestida, de qué tengo en las manos, de a qué huele o qué se escucha.

«Paula, ahora mismo estás comiéndote esta galleta y mirando por la ventana de tu habitación. Huele a la leche caliente que te acabas de beber y estás tocando el flexo del escritorio. Llevas una falda de cuadros. Recuerda este momento para siempre».

En ese instante no estaba ocurriendo nada significativo, pero fue la primera vez que lo hice. Quería probar si funcionaba.

¿Que si funciona?

Pensar en ello es como teletransportarme a mi habitación antigua y volver a oler la leche caliente. Y lo mejor de todo es que me conecta directamente con mi yo de aquel momento. Porque me trae recuerdos que van ligados a él. Me viene a la mente cómo tiraba la mochila en mi cama cada tarde al volver del cole o cómo ordenaba mis rotuladores en una cajonera de plástico blanca que guardaba debajo de la mesa.

Y después de aquella vez de prueba, vinieron más. Si quiero, puedo conectar con mi yo en el primer taxi en la India, mi yo en mi primer beso, mi yo escogiendo el nombre para mi hermano, mi yo en el almacén de la zapatería en Londres, mi yo en Buenos Aires, mi yo en el sofá de mi casa hablando por teléfono con Alex.

Y es como volver a sentir, aunque sea un poco, lo que sentí en aquel instante. La pena, la alegría, la ilusión...

Y sí, quiero que ahora lo hagas tú. Que esta vez sea tu vez de prueba. Fija tantos detalles de este momento como te sea posible.

Ve a la página 133 y apúntalo, si quieres, para leerlo en unos años y comprobar si puedes sentir que conectas, por poco que sea, con tu «yo» de este momento.

¿Qué es lo que ves si levantas la vista?
¿En qué mano llevas el libro?
¿O dónde lo tienes apoyado?
¿Es de día o de noche?
¿Qué ropa llevas?
¿A qué huele?
¿Estás comiendo algo?

Y que sepas que me hace especial ilusión, porque en ese recuerdo aparezco yo, indirectamente, a través de este libro...

Capítulo 12

UN VIAJE QUE MARCÓ MI VIDA, PARTE DOS: SUEÑO

Antes de salir de viaje, mis amigos y yo nos vacunamos para ciertas enfermedades que hay en la India y a las que nuestros cuerpos no están acostumbrados. De la que más nos advirtieron fue de la malaria. Se transmite a través de las picaduras de mosquitos y puede llevar a la muerte en muchos casos. A mí eso se me quedó grabado en la mente:

«no cojas malaria, no cojas malaria, no cojas malaria».

También nos advirtieron sobre las precauciones que, en general, debíamos tener para evitar, en la medida de lo posible, caer enfermos: beber solo agua embotellada (cada uno de su propia botella) y usarla también para lavarnos los dientes, no comer alimentos crudos, llevar antipiojos en el pelo y recogerlo con un pañuelo, utilizar siempre calcetines, aunque usáramos zapatos abiertos, para evitar que nos salpicara directamente agua de los charcos, no abrir la boca en la ducha... Es fácil pillar una infección si no cumples todas estas cosas a rajatabla. Además, el médico nos informó de que el cambio de país y de alimentación puede acarrear ciertos problemas de gastroenteritis, que por lo general no son graves. Lo normal es que sufras diarrea y fiebre e incluso vómitos, pero en tres días te recuperas. Coloquialmente se llama «la fiebre del viajero». En la primera semana, mis amigos ya lo habían pasado todos, menos yo, que no había inaugurado el baño desde que llegamos.

Todo empezó en un parque de atracciones.

Una de las tardes, después de cuidar a los niños, fuimos a un parque de atracciones que se llamaba Science City, si no recuerdo mal... Fuimos en taxi dese el hostal y todo ese trayecto lo pasé muy mareada. Recuerdo que estuve todo el tiempo haciendo el intento de mirar por la ventana y sacar la mano para que me diera un poco el aire. Me dolía mucho la cabeza.

Pero desde siempre me ha dolido la cabeza, y generalmente es por agobio, estrés, viento fuerte, cansancio, hambre, olores intensos, sed... Y esta vez lo achaqué a lo mismo: el calor y el ruido en aquella ciudad eran exagerados y pensé que el dolor de cabeza era lo más normal del mundo en esas circunstancias.

Por suerte, la jornada en el parque no fue nada ajetreada. No había casi nadie y daba la sensación de que aquello estaba medio abandonado. Así que no estuvimos mucho tiempo allí.

Ese día me fui a dormir pensando que descansar haría desaparecer ese dolor.

Pero no fue así.

El dolor era más intenso de lo normal y notaba que todo mi cuerpo flojeaba, me sentía muy débil. Me tomé un antiinflamatorio y seguí durmiendo la mayor parte del tiempo. A la mañana siguiente volví a levantarme mal, aún con menos fuerza que el día anterior, y las pastillas que me tomaba no me quitaban los dolores. Mis amigos me iban trayendo comida, pero yo no tenía nada de hambre, me dedicaba a dormir. Estuve varios días en ese plan, cada vez peor, sin salir del hostal porque no me sentía con fuerzas para nada.

Era demasiado extraño...

Llamé a mi madre una de las veces que más rara me notaba para preguntarle qué podía ser eso que me estaba pasando y si ella sabía qué tendría que tomar para que se me pasara. Me dijo que fuera al médico, y eso es algo que a mí no me gusta nada e intento evitarlo siempre por todos los medios. ¡No entendía por qué no era suficiente con reposar y ya! Colgué a mi madre después de dejarla tranquila diciéndole que podía ser la «fiebre del viajero» y que volvería a llamarla sin falta si veía que empeoraba.

Pero no la llamé. Ni al día siguiente ni al otro. Ella sí me telefoneaba, pero yo no era del todo consciente de esas llamadas porque estaba demasiado débil, hasta que...

Era por la mañana y todos estaban en el voluntariado. Todos menos una amiga del grupo que se había quedado porque esa noche se había despertado con vómitos. Fue ella quien respondió al teléfono porque yo, como siempre a lo largo de esos días, estaba durmiendo y sin fuerzas. Recuerdo estar tumbada en la cama, con el móvil apoyado en la almohada y hablando con mi madre, pero, al parecer, me fui de la conversación.

Me desvanecí.

Yo no sabría decir cómo sucedió exactamente, porque todo durante ese tiempo pasó sin que yo fuese del todo consciente, pero mi madre sí:

—Dime.

—Dime tú, ¿cómo te encuentras? ¿Estás mejor? No me has llamado en dos días y dijiste que lo harías. No sé por qué haces esto. Me tienes preocupada.

Tienes que saber que para mí esos días transcurrieron como si fuesen apenas dos horas. Me pasaba los ratos durmiendo o mirando al techo sin saber qué estaba pasando:

—Mamá, es que estoy bien, me duele la cabeza y estoy cansada, pero no es grave.

Todo esto, según ella, lo estaba diciendo con la voz más débil que ella ha escuchado jamás. Obviamente, yo tampoco sabía que esto era así y no le daba más importancia.

—Paula, ¿qué te pasa? ¿Te he despertado? ¿Estabas durmiendo o qué pasa?

—Sí, a ver si se me pasa el dolor de cabeza...

—Pero Paula, ¿hace tres días que estás así? ¿Todavía no se te ha pasado desde que hablamos la última vez?

...

Entonces dejé de responder.

Ahí ella se preocupó mucho, contactó con mi amiga, la que había respondido la primera vez, y le dio un número al que tenía que llamar para avisar a un médico. No sé cómo, acabó llegando un doctor al hostal, solo. Yo todo el tiempo di por hecho que mi amiga y yo teníamos lo mismo. Pensé que quizás habíamos incumplido, sin quererlo, alguna de aquellas reglas sobre el agua embotellada, los alimentos crudos... Pero había algo raro: yo todavía no había vomitado, cosa que habría sido mucho más normal.

Pero volvamos al momento en que llegó el doctor. Primero, aprovechando que él estaba allí y que mi amiga también se encontraba mal, le pedimos que le echase un vistazo a ella. No le encontró nada grave, dijo lo que ya intuíamos: que tenía la célebre gastroenteritis y que en un par de días se pasaría.

Cuando terminó con ella, empezó conmigo. Me abrió bien los ojos y con una linterna minúscula empezó a enfocarme y a mirarme bien. Después masajeó mi cabeza mientras me iba preguntando: ¿Te duele? ¿Te molesta? Me abrió las palmas de las manos y las empezó a palpar y a observar con detenimiento.

También me auscultó y me hizo respirar primero profundo y luego más seguido. Entonces me dijo: «Es la típica gastroenteritis del viajero y en un par de días se te pasará».

Ojalá. Ojalá hubiese dicho eso.

Hizo un montón de cosas más que ni recuerdo y en aquel momento empecé a preocuparme porque había algo evidente: estaba tardando mucho más conmigo que con mi amiga. Me dijo que abriese la boca y que sacase la lengua y en aquel momento su cara cambió. Y eso me asustó. De haber tenido lo mismo que ella, en tres minutos ya me hubiese dicho aquella frase que yo tantas veces recordaría después, deseando haberla oído en aquel momento: «Es la típica gastroenteritis del viajero y en un par de días se te pasará». Nunca la dijo. Nunca pronunció esas palabras. En lugar de eso, dijo:

«Tienes malaria».

Capítulo 13

MIS PRIMERAS VECES

Y volvemos al pasado.

En este capítulo todavía no había ido a la India. Aún tenían que pasar muchas cosas antes de que emprendiera aquel viaje.

Conocí al que iba a ser mi primer novio cuando yo tenía trece años. Fue un verano en un *esplai*, que es como una especie de campamento de verano al que vas durante el día para hacer actividades y ese tipo de cosas. Seguro que alguna vez habéis ido a alguno o a algo parecido. Yo, cada año desde que era pequeña, había ido siempre al mismo *esplai* en Cornellá; el de mi primer colegio, que en los meses de verano organizaba excursiones, noches al aire libre y demás. Pero ese año a mi madre se le antojó que mi hermano y yo teníamos que hacer deporte, así que nos apuntó a otro campamento en Barcelona en el que se practicaban todos los deportes habidos y por haber. Yo me negué infinitas veces porque ya estaba acostumbrada al otro, que ya conocía, y no me gustaba la idea de cambiar así de repente. Pero no me salí con la mía. Allí hice fútbol, vóley, natación… y conocí a otra gente. En realidad, me lo pasé bastante bien.

Uno de esos días hubo un niño que me pidió el MSN (si estas siglas no te suenan es porque la tecnología avanza muy rápido y aquel chat, el Messenger, ya murió; quizás eres de mi generación y también lo recuerdas con nostalgia…). El caso es que, poco antes de acabar el *esplai* y un día antes de hacer la última excursión del verano a un parque acuático, recibí un mensaje suyo por este chat.

—¿Quieres salir conmigo?

Ni una frase pensada, ni una mirada, ni un guiño, nada. ¿Dónde quedó el romanticismo? Pero éramos unos enanos inocentes y yo acepté. Nunca me había fijado en él en ese sentido, pero sí que me caía muy bien y nos habíamos hecho muy buenos amigos durante esas semanas. ¿Por qué no ser novios?

Pero casi ni duermo de los nervios. ¿Para qué le dije que sí? ¡Qué vergüenza, tener que darle un beso, así, de la nada! Porque, claro, ya daba por hecho que iba a tener que darle un beso... A la mañana siguiente, en el parque acuático, me acerqué al tobogán donde él esperaba para tirarse.

—Mejor no, ¿vale?

Para él mi negativa no fue ningún drama y yo me quedé mucho más tranquila ese día porque no me tenía que besar con nadie. Los dos hicimos como si no hubiera pasado nada, quedó como un juego de niños, y cuando pasaron aquellos días cada uno siguió su vida. Pero seguíamos teniendo el Messenger, hablábamos muy de vez en cuando y una tarde, cuando yo ya tenía quince años, me propuso quedar los dos solos. Sabía que yo a él le gustaba, así que me emocioné un poco. Además, me hacía ilusión que después de tres años se siguiera acordando de mí.

Por aquel entonces yo no pensaba en novios ni nada de eso. Aun así, me hacía mucha ilusión cada vez que me proponía quedar. Empezamos viéndonos en un banco de madera de Plaza Cataluña, justo en el centro de Barcelona, aunque no hacíamos realmente nada. Comíamos algún helado, hablábamos de tonterías y nos reíamos juntos. Un día, noté cómo él se acercaba a mí intencionadamente. A mí eso me ponía supernerviosa, así que me apartaba y él no volvía a hacerlo hasta la vez siguiente.

En realidad, no me sentía enamorada, pero veía en él a un buen chico con el que, además, me reía bastante. Algunas de mis amigas ya tenían novio y yo estaba feliz de tener a alguien con quien empezar algo. Por eso, uno de aquellos días dejé por fin que se acercara lo suficiente y le hice entender que me gustaba más de lo normal.

Nos dimos un beso.

No recuerdo ni cómo pasó, ni si fue largo o corto. Ni siquiera sé qué ocurrió justo después.

Pero un segundo, espera. Creo que esta historia prefiero guardármela para mí. Siento que es demasiado larga como para un capítulo de este libro. Y es que, la verdad, da para un libro entero.

En resumen, fue mi primer amor. Con quien compartí mi primera vez. Y muchas otras primeras veces. Crecimos y nos hicimos adultos juntos. De los quince a los veinte años. A esa edad, la mente, el carácter, la personalidad y, en definitiva, TODO cambia mucho. La vida da muchas vueltas. Y todas esas vueltas, nosotros, las dimos juntos.

Los dos sentíamos que éramos mucho más que novios. Y los dos dábamos por hecho que íbamos a seguir el resto de nuestros días juntos. Y creo que ese fue el error. Bueno, en realidad hubo otros muchos errores. Tanto él como yo nos equivocamos muchas veces y eso fue haciendo que la relación, al final, perdiese el sentido.

Pero aun sin ese sentido, queríamos estar juntos.

Nos obligábamos a estarlo.

Pensábamos que esa época tan difícil pasaría.

Que volveríamos a ser lo que habíamos sido.

Creíamos que nos olvidaríamos de los errores.

Que podríamos hacer borrón y cuenta nueva.

Que lo nuestro era tan real, que no podría terminar.

Pero lo hizo.

Terminó.

Llegó el día en que él no quiso estar más conmigo. No era sano para ninguno de los dos, pero a mí me daba miedo dar ese paso porque no podía consentir que aquella historia de amor con él, esa con la que siempre soñaba, se esfumase de repente. No entendía cómo iba a ser mi vida sin él. Dependía demasiado de aquella relación y por eso, cuando me dejó, me fui.

Había llegado el borrón y empecé a esperar la cuenta nueva.

Y aprendí...

- Todo el mundo comete errores que son necesarios para aprender, hasta en el amor. Hay muchos que es mejor evitarlos, pero lo que hoy es muy sencillo quizás hace cinco años no era tan fácil.

- Yo me equivoqué muchas veces en esta relación, que empezó siendo algo que ni siquiera creía que llegaría a más. Aprendí muchísimo sobre la vida con él y más tarde me enamoré con locura hasta llegar a la obsesión. Los dos hacíamos lo que fuera por que esa relación remontase, por el simple hecho de que no queríamos ver cómo aquello se acababa así, sin más. Lo que llevábamos tanto tiempo queriendo tenía que cumplirse, daba igual si sufríamos. Entonces entendí que eso no estaba bien.

- Entendí que, a veces, piensas que quieres a una persona y lo que realmente quieres son los momentos que compartiste con ella. Entendí que cuando le echaba de menos, en realidad extrañaba los recuerdos con él.

- Entendí que mi mente a los quince años no era la misma que a los veinte. Y la suya tampoco. Y supe que tendría que pasar un tiempo para que yo me recuperase de aquello.

- La conclusión de todo esto es que ninguna relación tóxica llega a buen puerto. El mundo no se acaba si esa persona con la que estás se aleja de tu vida. Se va porque no es la más adecuada. Y sabrás que no lo es porque ambos sufrís y os hacéis daño. Porque en el amor se trata de compartir, de respetar, de admirar.

- Ante una ruptura, queda toda una vida por delante y mucha gente por conocer en el camino. El problema era que yo, en aquellos cinco años de relación, nunca me llegué a ver como una persona independiente, porque siempre nos veía a los dos como pareja. Yo no sabía lo que era estar sin novio. Mejor dicho, no me conocía sin novio. No me conocía y necesitaba conocerme y aclarar mi mente. Necesitaba irme un tiempo.

Capítulo 14

QUISE OLVIDAR EN CAMDEN TOWN

Después de la ruptura con mi novio, en el verano de 2012, decidí irme a Londres. Quería despejarme y olvidarme de mis problemas con él, así que se me ocurrió que un buen plan sería irme lejos de casa a seguir mejorando mi inglés. Tenía dinero ahorrado de lo que había trabajado como azafata hasta entonces y un vuelo hasta allí desde Barcelona no costaba más de 150 euros. Allí podría compartir habitación, y tendría que administrar bien el dinero para las comidas y eso... Lo hablé con una amiga que estaba viviendo allí, podría buscar trabajo para los meses de verano y seguro que me lo pasaba genial. Además, imaginé que no iba a ser muy difícil encontrar algo porque aquel año Londres acogía los Juegos Olímpicos y la oferta de empleo era grande, así que me imprimí un buen taco de currículums y para allá que me fui.

La verdad, imaginé que no iba a ser difícil encontrar trabajo, pero nunca pensé que fuese a resultar tan fácil. Lo conseguí el primer día en el segundo sitio al que entré preguntando con el CV en mano. Era una zapatería en Camden y el trabajo parecía sencillo. Tendría que atender al público y me pagarían mejor que cuando hacía de azafata en España, así que lo acepté sin dudarlo. Además, los primeros días viviría con mi amiga y el lugar quedaba cerca de su casa. Vamos, que para mí era perfecto. ¿Recuerdas el capítulo «Ahora mismo estás comiéndote esta galleta»? ¿Recuerdas cuando te dije que yo, si quiero, puedo conectar con mi yo en el almacén de la zapatería de Londres? Pues bien, este capítulo va de esa zapatería.

Ya sabes lo fan que soy de imaginar los lugares y tener todos los detalles en mente, así que, antes de seguir leyendo, si no has estado nunca en Londres, busca en internet «Camden Town» y hazte una imagen mental de todo aquello.

Todo parecía genial.

Pero…

Siempre hay un «pero». No tardé en darme cuenta de que aquello no era lo mío. Entre otras cosas, porque cada semana había unos objetivos de venta por cumplir. De hecho, era la única de entre todos los empleados que nunca llegaba a cumplirlos, así que tenía bastante presión encima. Y no es que se me diese mal vender solo un poquito, es que mis compañeros practicaban técnicas para mí no muy éticas. Por ejemplo, a los zapatos rebajados les quitaban las etiquetas con el precio nuevo, los vendían por el antiguo, más caro, y «regalaban» productos que eran difíciles de vender, como los cepillos, los espráis, el betún… Yo no sabía mentir de esa manera. Y me sabía mal.

El caso es que no cumplir con el trabajo asignado me desmotivaba muchísimo. A esto había que sumar que mi amiga, con la que compartía alojamiento, dejaba la casa y yo tenía que buscarme la vida. Me mudé a otro piso, a pesar de que estaba muy lejos de la zapatería. Pero en Londres todo es carísimo, el transporte también, y esto era otro inconveniente que me hacía perder la ilusión. Menos mal que empecé a hacer planes con dos amigos que ya eran conocidos míos de Barcelona y con los que retomé el contacto allí. Me lo pasaba muy bien con ellos y estábamos siempre de un lado para el otro haciéndonos compañía, pero luego llegaba al piso y me sentía sola.

Quería olvidar aquello por lo que había viajado a Londres, pero no era capaz de obligarme a olvidar.

Un día recibí un email de él diciéndome que vendría en agosto a Londres. Mi objetivo de escaparme a Inglaterra no me estaba sirviendo, pues cuando ya parecía que estaba empezando a olvidarle… ¡Zas!, apareció de nuevo en mi vida. Además, llevaba un mes sola en el piso, estaba quemada del trabajo y empecé a echarle un poco de menos.

Lo que sentí fue muy extraño, porque me fastidiaba que viniera, pero por otro lado tenía muchas ganas de verle. En este viaje necesité desahogarme con mucha frecuencia, así que retomé el hábito de escribir cada noche. Rellené dos libretas durante todo el verano. Todo lo que no podía contar a nadie lo contaba en aquellas libretas. No podía explicarle a mi madre ni a mis amigos que le estaba echando de menos y que iba a venir a verme. Las personas de mi entorno sabían lo mal que lo había pasado con aquella ruptura y no me hubieran gustado sus reacciones ante aquella noticia.

En poco tiempo pasé de no querer saber nada de él a querer estar todo el día juntos. Así que me desmotivé todavía más en el trabajo y ya no hacía todo lo posible por cumplir los objetivos. Tampoco era algo que hiciese conscientemente. Pensándolo desde la distancia, lo que quería era pasar todo el mes de agosto con él y no solo un día libre cada dos semanas, que era lo que me tocaba en la zapatería.

Así que ya ves, cuando casi había conseguido olvidar, vino y quiso seguir la relación como si nada hubiese pasado. En muchas ocasiones me sentía incómoda, me molestaba hasta que me tocase si estábamos con los otros amigos… ¿Para qué tuvo que venir a verme justo cuando estaba empezando a olvidarle?

Quiero que vuelvas a escribir. Sobre un principio o un final. Sobre la persona en la que pensabas mientras leías este capítulo. Sobre eso que te costó olvidar o sigues intentando hacerlo.

Y aprendí…

- Sobre la importancia de salir al extranjero, a trabajar o a estudiar, para ser más autónoma y espabilar. Tuve que aprender cosas básicas del día a día, como abrirme una cuenta en el banco, deshacer caminos que me llevaban a lugares que no conocía, tratar con personas de culturas e idiomas muy diferentes. Y otras muchas cosas que nunca hubiese imaginado poder hacer sola.

- Pero lo que más valoro de aquel viaje fue que aprendí a ser yo. Aprendí a ser yo sola. A ser la Paula que nunca había conocido. Con mis inquietudes, mis pensamientos, mis bajones, mis cosas… Mi vida. Pasaba bastante tiempo a solas y eso hizo que pudiese conocerme mejor a mí misma.

- Recomiendo mucho que, cuando llegue el momento, puedas estudiar y/o trabajar en el extranjero. Te ayudará a entender a otra gente que no es de tu misma cultura y crecerás como persona. Te verás capaz de cosas que no hubieras imaginado nunca y sentirás que si puedes con eso, puedes con muchas cosas más.

Capítulo 15

NAVIDADES EN ARGENTINA

En este punto tienes que hacer un poco de memoria. ¿Te acuerdas del capítulo «*Mi mejor amigo nació en 1916*»? Si no lo recuerdas, es uno de los primeros. Hojea hacia el principio del libro y en cuanto recuerdes de qué iba, sigue leyendo.

Había ido con mis padres a Argentina a visitar a unos familiares de mi padre que hacía mucho que no veíamos. En realidad, yo no los conocía, y mi hermano acababa de llegar de Ucrania, así que él tampoco había estado nunca con ellos. Era un viaje largo y muy esperado, sobre todo por lo mucho que costó ahorrar para poder ir allí los cuatro desde Barcelona. Para amortizar tantas horas de viaje y el coste de los billetes, mis padres pensaron que era buena idea aprovechar para conocer más lugares aparte de Buenos Aires. Esto ocurrió en diciembre, así que íbamos a pasar las Navidades allí, al otro lado del Atlántico, lo que significaba... ¡Que íbamos a pasar las Navidades en pleno verano!

A lo largo de nuestra estancia allí hicimos un montón de excursiones e incluso fuimos a ver las cataratas de Iguazú. Son unos saltos de agua en el río del mismo nombre y son increíbles. Estar allí viendo ese espectáculo mientras te salpica el agua que cae ochenta metros abajo es algo alucinante. Y, como tantas veces te he dicho: busca en internet, porque vale mucho la pena verlo ¡y es una de las siete maravillas naturales del mundo! Además de ser verano, allí la humedad y el calor son extremadamente altos, de modo que todo el grupo de personas que habíamos empezado juntas la excursión estábamos chorreando de sudor y con las botellas de agua casi vacías. Así que, de camino a la Garganta del Diablo, que es el salto de mayor caudal y el más alto, hicimos una parada para comer y reponer fuerzas.

Recuerdo que estábamos alrededor de una especie de tabla de madera muy pero que muy larga. Éramos unas treinta personas sentadas en aquella mesa comiendo, descansando, intercambiando historias y anécdotas… Y tanto mi familia como yo no sabíamos que la verdadera anécdota, la menos divertida de todas, la más triste, íbamos a vivirla unos instantes más tarde. Mi hermano estaba sentado a mi izquierda, mi padre enfrente de él y mi madre al lado de mi padre, frente a mí.

Justo cuando estábamos a la mitad de la comida, mi madre recibió una llamada que le cambió el rostro justo antes de colgar y mirarnos.

—Mi padre ha muerto.

Yo me eché a reír. ¡Me reí cuando me enteré de la muerte de mi abuelo! Tenía doce años. Era la primera vez que escuchaba algo así y en ese momento supe de mí que, cuando me pongo nerviosa, me da la risa floja. No podía controlarlo, era muy extraño. Sentía unos nervios muy raros dentro de mí y lo único que hacía era reírme y reírme.

—¡Paula!

Mi madre me miraba atónita y a mí solo me salía decir «lo siento» en bucle entre risa y risa. No era consciente de la situación, todo el mundo estaba en silencio y yo no me reía por diversión. Aquella tarde fue muy rara. No pudimos regresar a España porque no daba tiempo a adelantar el vuelo para estar presentes en su entierro, así que mis padres prefirieron continuar con lo planificado, por mí y por mi hermano.

Yo aún no era consciente de lo que había pasado, de lo que aquella llamada significaba, pero sí veía a mi madre todo el tiempo pegada al teléfono porque tenía la necesidad de hablar con los que estaban en España. Aquel viaje tuvo que ser amargo para ella porque sintió que se había quedado sin raíces, sin la única persona que le quedaba capaz de darlo todo por ella.

Una vez en casa de mis tíos, de nuevo en Buenos Aires, empecé entender lo que significaba aquella llamada en Iguazú. Tengo un recuerdo muy nítido en la cabeza del momento en que comencé a comprenderlo. Era ya uno de enero y estábamos todos en el jardín, alrededor de la mesa, justo después de cenar. Y nuestro vuelo de regreso a Barcelona no salía hasta el día 5, así que todavía nos quedaban cuatro días de estancia en Argentina. No sé exactamente de qué tema estaban hablando los mayores, pero recuerdo que alguien se acercó a hablar conmigo.

—¿Tienes ganas de volver a casa?

En ese momento vinieron a mi cabeza muchos pensamientos a la vez. Escuchar las palabras 'volver' y 'casa' me hizo sentir el olor de nuestro piso, ese olor que notas nada más abrir la puerta después de pasar muchos días fuera... Y me vi sentada en el sofá, con mi abuelo. Me vi cantando sus canciones y escuchando sus historias del pueblo. Me vi poniéndole la peluca y colocándole bien la boina. Le vi a él rezando por mi abuela. Le vi riéndose conmigo cada vez que mi madre se enfadaba. Le vi defendiéndome cuando mi padre me castigaba. Le vi comiendo hasta el último grano de arroz del plato y nos vi ahí, sentados en el sofá, pensando en qué otro disfraz coger y qué otra canción cantar.

Entonces empecé a llorar.

Me tiré a los brazos de mi madre y estuve llorando en su pecho unas dos horas, sin despegarme. Me daba vergüenza que me vieran la cara llena de lágrimas. En aquel instante fui consciente de su muerte, pero no entendía el porqué. Y sigo sin entenderlo. Me parecía muy extraño que, de repente, alguien dejase de vivir. Y no entendía cómo era posible que yo le sintiera tan vivo.

A pesar de estar tan lejos, mi madre quiso estar de alguna forma presente, y seguimos el funeral por el manoslibres del teléfono. Suena frívolo, pero fue la mejor forma que se nos ocurrió de estar con los nuestros. Una vez volvimos a España, se hizo una misa con toda la familia ya reunida y ahí fue cuando realmente me vine abajo. Estaban todos mis primos, mis tíos… Verlos a ellos afectados fue un golpe de realidad. No solo era mi abuelo, ni toda su vida había sido tan mayor. También fue niño, padre, suegro y abuelo de mis primos, una persona muy querida. Ver a toda la familia afectada me dolió mucho, aunque, al menos, las anécdotas que se contaron aquel día de cuando él era joven me reconfortaron un poco.

Y sí, la muerte de mi abuelo es la razón por la que empecé a hacer aquel ejercicio de prueba para conectar con mis diferentes «yos». Aquel ejercicio en el que me decía «Ahora mismo estás comiéndote esta galleta».

Lo pasé mal durante una época porque fue la primera persona importante de la que me tuve que despedir para siempre. Y, por las noches, tenía la necesidad de hablar con él, de contarle lo que había hecho durante el día. Así que me metía debajo de la sábana y se lo explicaba todo. Mi madre me decía que él ahora era una estrella que brillaba desde el cielo y nos cuidaba, a todos. Ahora podría pensar que eso es una tontería, pero aún después de más de diez años, cuando miro al cielo, busco la estrella que más brilla.

—Ahí está mi mejor amigo que nació en 1916.

Y aprendí...

- *Los abuelos no nacen siendo abuelos.* Otra cosa que entendí cuando falleció fue que todas las personas pasan por muchas etapas hasta llegar a ser lo que son ahora. Las anécdotas que todo el mundo contaba de él durante esos días me enseñaron a imaginármelo de pequeño, de joven, siendo soltero, trabajando de pastor... Supongo que fue mi primer ejercicio de empatía.

- Y esto me lleva al último aprendizaje de este capítulo: La muerte es algo con lo que tenemos que aprender a ser. Forma parte de la vida. En realidad, es precisamente lo que le da sentido a esta...

- Me gusta pensar que, cuando te vas, de alguna manera, sigues estando. En el recuerdo de quien te conoció, en la forma de ser de quien te vivió. Y mi abuelo sigue estando, en mi recuerdo y en mi forma de ser. De él tengo muchas cosas, como el hablar en voz alta para desahogarme a solas, él lo hacía con su mujer y yo ahora lo hago con él.

- Me enseñó lo que es la humildad y me enseñó a valorar lo que tengo. Me enseñó que hay que cuidar a quien te quiere, con actos más que con palabras. Que no tener no es sinónimo de no poder. Y que la edad no es un número, sino una actitud.

Todos tenemos una estrella que brilla desde el cielo. O miedo a tenerla un día. Por eso te dejo estas líneas.

Capítulo 16

UN VIAJE QUE MARCÓ MI VIDA, PARTE TRES: MIEDO

Volvemos a la India. ¿Te acuerdas de cómo acababa la parte dos?

«Tienes malaria».

Al escuchar esas palabras, enseguida me empezaron a sudar las manos y sentí que no podía estar sentada, que necesitaba tumbarme. Pero entonces empecé a notar un dolor fuerte en la tripa, quizás de nervios. Le pregunté al doctor si podía ir un momento al baño.

—Sí, ve. Pero date prisa. He traído la ambulancia y está esperando abajo en la puerta.

Me levanté como pude, porque de los nervios me temblaban hasta las piernas. De camino al baño, que estaba a cuatro pasos de la cama, sentí mucho frío y pensé que eso no era normal, pues hacía nada estaba sudando en la cama... Pero enseguida llegué al lavabo y, a partir de ahí, solo recuerdo que me senté en la taza del váter y que, después de hacer pis, quise levantarme y empecé a verlo todo borroso.

Lo siguiente de lo que me acuerdo es de estar en el suelo, con los pantalones y la ropa interior bajados y un dolor fuerte en la cabeza. Me había desmayado y golpeado contra la taza. Lo que vi después fue a mi amiga y al médico levantándome y hablando sobre coger mi pasaporte y alguna muda, porque me tenían que ingresar en ese mismo instante.

En la ambulancia estaban mi amiga y el médico, al que yo miraba preguntándome si podría curarme o si no sería mejor volver a Barcelona.

—¿Dónde ha estudiado medicina? —no se me ocurrió otra cosa que preguntarle, quería quedarme tranquila.

—En Boston.

¿En Boston? ¿Y qué hacía en Calcuta si había estudiado en Estados Unidos? Ni siquiera pensé que quizás el hombre quería volver a estar cerca de su familia, ayudando a los suyos.

Por cierto, al bajar de la ambulancia, de camino a la puerta principal del hospital, la puerta de un taxi se abrió y el conductor sacó la cabeza y escupió. Escupió sangre. Aquella escena la había visto muchas veces a lo largo de todos esos días en Calcuta y me resultaba muy extraña.

En fin, aquel médico quería hacerme todo tipo de pruebas, así que me ingresó en una supuesta planta VIP donde, en teoría, iban los turistas con seguro médico o los locales que pagaban por ello. Me esperaban varios días en el hospital, sola, porque no había nadie más ingresado allí y mis amigos seguían yendo al voluntariado. En aquel lugar la pintura del techo se caía a pedazos sobre mi cama, el aire acondicionado no funcionaba y en la tele solo había un canal que emitía constantemente el mismo capítulo de una única serie. Pero nada de eso me parecía mal después de lo que había visto en las calles y en la casa donde había cuidado de aquellos niños y jóvenes.

Este era el panorama..., aunque los del hospital querían que yo estuviera lo más cómoda posible. Mandaron a unos técnicos a arreglar el aire acondicionado. Hacían ruido y me tiraban polvo encima porque no daban importancia a esos detalles, pero ni para quejarme de eso podía hablar, de la poca energía que tenía en el cuerpo. Además, a mí me cuesta enfrentarme, decir que no, me sabe mal poner a la gente en compromisos o situaciones violentas, y por eso no era capaz de decirles que pararan. Porque, sobre todo, sabía que lo hacían lo mejor que podían.

Por otra parte, las enfermeras no habían estudiado la carrera, sino que eran voluntarias de la calle que acudían al hospital para ayudar en lo que pudiesen. ¡Ahora ellos me estaban cuidando a mí! Cuando vinieron a ponerme el suero por vía intravenosa me hicieron una carnicería en la mano porque la chica no encontraba la vena. A mí aquello me dolía una barbaridad, pero pensaba que era lo normal. En vez de preguntarle o quejarme, me aguanté y tampoco le dije nada... hasta que empecé a llorar del dolor y le pedí que lo intentara más tarde. La segunda vez acertó pronto y ya no fue un drama.

El doctor que había estudiado en Boston venía al hospital solo para atenderme a mí, pues al parecer era exclusivamente médico para turistas, y en aquel momento yo era la única durmiendo en aquella planta. Se notaba que tenía ganas de hablar conmigo y con mis amigos, cuando venían a hacerme compañía, pero a mí no me apetecía. Ya no era solo el esfuerzo mental que tenía que hacer para hablar en inglés, sino sencillamente para hablar. Porque no tenía fuerzas. Aun así, nos contaba que era de una familia adinerada de Cachemira y que tenían negocios de venta de tejidos de cachemir. Ahí supe que el nombre de ese material viene por la región en la que se fabrica... Cosas que se aprenden. Al señor le gustaba fardar y en su momento yo pensé que, al ser nosotros turistas, él quería hacernos ver que no todos los indios eran como los que se veían en la calle. Aunque eso a nosotros no nos importaba. Habíamos viajado hasta Calcuta para poner un poco de nuestra parte en mejorar las vidas de otros, y no nos interesaba lo más mínimo cuánto tenía o dejaba de tener nadie.

Por cierto, te estarás preguntando qué pasó con mi madre después de la última vez que hablé con ella por teléfono desde la cama del hostal...

Una vez en el hospital, cuando ya estaba en la cama y apenas momentos después de haber escuchado las palabras que me confirmaban que tenía malaria, cogí el teléfono y la llamé. Le conté lo que estaba pasando y, aunque se preocupó un montón, disimuló los nervios y me dijo que, sabiendo que yo ya estaba en el hospital en manos de profesionales, se quedaba mucho más tranquila. Y claro, después de eso no me vi capaz de decirle que las enfermeras eran chicas y señoras de la calle que se ofrecían como voluntarias.

Ah, se me olvidaba: a mi madre le conté lo que estaba pasando, excepto que el médico me había dicho lo de la malaria.

Yo seguía estando muy débil y en día y medio me levanté como cuatro veces para ir al baño y las cuatro me desmayé. Para colmo, la mano en la que llevaba la sonda se empezó a hinchar. Intuí que algo no iba bien, me la tocaba y la notaba fría. Esta vez sí se lo comenté a las enfermeras y me dijeron que era normal, que la tenía inflamada porque les había costado encontrarme la vena aquella vez que me puse a llorar. Aunque, la verdad, a mí me dio por pensar que habían vuelto a fallar y que el suero y los antibióticos se estaban acumulando allí. Mi madre me aconsejó que le pidiera el número de teléfono al doctor, ya que no siempre estaba en el hospital, por si pasaba algo grave. En realidad, mi preocupación no era tener la mano hinchada, sino lo que eso significaba: que la medicina no me estaba llegando a la sangre y, por tanto, no me estaba curando. Empecé a notar que estaba perdiendo peso muy rápidamente cuando, una de las veces que vinieron dos de mis amigas al hospital, la sábana se cayó al suelo.

—¡Paula, tu pie!

Miré el pie que asomaba por debajo de la única esquina de la sábana que no había caído y entendí por qué lo había dicho con aquel tono. Mi pie era un saco de huesos. No sé si te acuerdas, pero al principio de ese libro te conté que yo siempre había estado acomplejada por mis pies. Que siempre han sido muy huesudos y feos. Pues en aquel momento, aquello era exagerado. Entonces agaché la cabeza para mirarme los brazos, la tripa, el pecho... Y me di cuenta de todo lo que aquellos días estaban haciendo en mí.

Para entonces, el voluntariado ya había terminado y mis amigos estaban a punto de continuar su viaje. Aquellos días se habían estado turnando para venir a dormir conmigo, pero les había llegado el momento de marchar. Los siguientes vuelos ya estaban comprados y todos los planes para la continuación del viaje estaban hechos desde hacía mucho tiempo, así que les dije que podían dejarme allí, que siguiesen con la aventura ellos solos y que, si llegaba a salir del hospital antes de que acabasen el recorrido, iría a buscarlos 100%. Eso sí, antes de irse les pedí que me compraran una tarjeta de móvil con internet para poder seguir conectada con mi gente en España. Y con el Ales... Aún no te lo había dicho, pero por aquel entonces ya hacía un par de meses que estábamos juntos. Pero eso llega más adelante, algunos capítulos más tarde. Lo primero que hice nada más tener internet en el móvil fue mandarle una foto de la mano hinchada (que en ese momento parecía un guante de látex inflado de aire hasta los topes) a mi prima Patri, que es enfermera.

—Coge la bolsa de suero con la mano buena y descuélgala. Ponla por debajo del nivel de la otra, la que está inflamada.

—Voy...

—Si la vía está bien colocada, debería salir un poco de sangre hacia la bolsa.

No salió nada. Ni gota de sangre. Así que estaba claro: la vía no estaba en una vena y el suero, junto al medicamento, se estaba acumulando entre mi piel y el músculo. Pedí a las voluntarias que me quitaran aquello de la mano, pero no me hicieron caso, así que, cuando estuve sola, me lo quité yo misma, porque mi prima me dijo que era peligroso tener la mano así. No sabía qué podía pasar si yo abría aquello… ¿Saldría un chorro de líquido? ¿Me dolería? ¿Tendría que tapar el agujero de alguna manera? Cogí el tubo, cerré los ojos y lo saqué de dentro de mi piel. Me dio mucho asco, la verdad, y me dolió bastante.

Al ver aquello, una enfermera me echó la bronca, pero, al menos, conseguí que se bajara la hinchazón. La mano permaneció amoratada varias semanas después y, que lo sepas, me está doliendo de nuevo solo por estar contándote esto ahora. ¡Querían volver a ponerme aquel maldito aparato en la misma mano! Les pedí que lo hicieran en la otra y, por fin, ya todo empezó a funcionar correctamente.

Una vez el suero comenzó a hacer efecto fui recuperándome poco a poco. Me hicieron muchas pruebas. Muchísimas. Y había una que se resistía: la de las heces, ¡si es que no comía! ¿Cómo iba a tener ganas de ir al baño si lo único que entraba a mi cuerpo eran suero y medicamentos en forma de líquido…?

Hasta entonces apenas pensaba en nada, pero, en cuanto empecé a recuperar algo de energía, mi espíritu inquieto empezó a sobresalir y mi nariz a agudizarse. Sí, también en el hospital había un olor superintenso del que siempre me acordaré. Todas las mañanas venían dos mujeres a limpiarme con un paño húmedo y se llevaban las sábanas y la almohada. A la media hora me lo traían todo limpio con un olor muy fuerte. Yo no supe identificar aquello hasta que, de vuelta en casa y después de describirle aquel olor a mi madre, ella me dijo lo que era: zotal, un desinfectante muy fuerte que se usa para limpiar establos y que ella conocía porque mi abuela Teresa lo utilizaba en la casa del pueblo, en Covarrubias.

Era ese olor que había sentido por primera vez lavando las sábanas de aquellos niños.

Empezaron a volver mis miedos

Una de las primeras noches que pasé sola en el hospital, después de que mis amigos cogieran un avión hacia otra ciudad, me levanté para ir al baño de madrugada y arrastrando con la mano derecha el palo del suero, me alejé de la cama. Todavía estaba muy muy débil y a veces deliraba por la fiebre, y no era consciente de todo lo que estaba pasando. Por eso, en lugar de caminar hacia la puerta del lavabo, caminé hacia la puerta de la habitación y salí al pasillo pensando que estaba entrando al baño. De repente, al agobiarme por no encontrar allí lo que estaba buscando, me puse nerviosa y esa sensación hizo que espabilase y recuperase la conciencia de todo. Levanté la vista y vi un pasillo inmenso, muy oscuro y con muchas habitaciones, cuyas puertas estaban entreabiertas. En aquel instante me di cuenta de que estaba sola en una planta de hospital, en medio de Calcuta, en la India, y que la puerta de la habitación había estado todo ese tiempo abierta. ¡Con el miedo que me da a mí eso! Si me conocías de antes de empezar a leer este libro, seguramente en algún momento u otro me habrás oído decir lo miedica que soy y el pánico que le tengo a la oscuridad, sobre todo en espacios abiertos y que no conozco… En casa no soy capaz de estar en el salón, de noche, viendo desde el sofá el pasillo oscuro enfrente de mí. O cierro la puerta o enciendo la luz.

Volví lo más rápido que pude a mi habitación, cerré la puerta detrás de mí, me apoyé en ella y empecé a observar todos los rincones para asegurarme de que seguía sola. Eso es algo que hago siempre, en todos los lugares en los que voy a pasar la noche. Reviso detrás de las cortinas, debajo de la cama, dentro de los armarios. Por eso en mi habitación no hay armario. Esto no viene mucho a cuento, pero a mí, en aquel entonces, me hizo ver lo mal que había estado los días anteriores como para no sentir aquel miedo por la oscuridad y la soledad que tan característico es en mí. Esto me hizo pensar y pensar y empezar a dar vueltas a todo.

El caso es que pasaba demasiado tiempo sola en el hospital y me dio por escribir mucho. En aquellos diez días rellené una libreta entera. Lo escribía todo, desde lo que me hacían hasta cómo me sentía. Desde el miedo que pasaba por las noches a aquel único capítulo que ponían en aquella televisión, cuyos diálogos ya sabía de memoria. En ese tiempo estaban pasando tantas cosas tan extrañas y diferentes a las que estaba acostumbrada, que necesitaba expresar mis reacciones de alguna manera. Necesitaba dejar constancia de todos los detalles para poder recordarlos siempre, cuando todo aquello pasase y yo ya estuviese sana en casa.

Una de esas cosas que me extrañaron fue, por ejemplo, que el doctor no me tocaba directamente, sino que utilizaba a una enfermera para palparme. Él le decía a ella cómo lo tenía que hacer y a mí eso me generaba mucha inseguridad. ¿Lo haría realmente bien solo siguiendo las instrucciones y sin haberlo hecho nunca antes? Si me movían de una estancia a otra, me ponían en una silla de ruedas y me tapaban con una manta para que no se me viera nada, ni los hombros, ni los pies..., nada. La enfermera me iba haciendo lo que el doctor le decía. Yo pensaba, «¿si se confunde?».

Poco a poco empecé a ser consciente de todo lo que sucedía a mi alrededor. Mis amigos ya no estaban a mi lado y yo me encontraba en una planta de un hospital viejo con el resto de las habitaciones vacías. Me empecé a imaginar desde la típica aparición nocturna de la niña con camisón blanco hasta el médico violador que venía por la noche a mi habitación y me drogaba para abusar de mí sin que yo me diese cuenta... Llegué a escribir en mi diario «Si me hacen algo, no pasa nada porque no me voy a enterar, me voy a levantar al día siguiente por la mañana y no voy a ser consciente». Lo confieso, las películas de miedo me han hecho mucho daño. Aunque, pensándolo bien, yo en aquel momento hubiese asustado a cualquier espíritu de niña en camisón. Con mis no sé cuántos quilos menos, mi cara pálida y llena de ojeras, mi bata azul hasta los pies, que más que pies eran solo huesos, mi mano derecha hinchada y mi pelo sucio y enredado en medio de aquel pasillo largo y oscuro... Suerte que no me vi a mí misma.

Visto desde la distancia, lo que me sucedió allí de verdad que parece una película surrealista.

Atiende.

Uno de los días que vino el doctor, aprovechó que mis amigos ya no estaban y, después de hablar un rato, me soltó:

—¿Quieres casarte conmigo?

¡¿Qué?! Empecé a entender por qué presumía tanto de dinero... ¡Estaba comprando mi amor!

—Yo te cuidaré muy bien y a mi lado nunca te faltará de nada.

En ese momento me lo tomé a cachondeo (o eso quise hacer ver) y no le respondí. Luego me di cuenta de que aquel hombre quería estar conmigo y mi salud estaba en sus manos. Recuerdo que, cada vez que me lo preguntaba (porque fueron varias veces), yo pensaba:

«No quiero que me mate hoy, no quiero que me mate hoy, no quiero que me mate hoy».

Para añadir más líos al argumento de esta anécdota, de repente, una mañana sucedió lo siguiente: cuando yo ya llevaba más de una semana en aquella cama, desperté y me encontré dos cabezas a la altura de la mía. Obviamente me quedé un rato en *shock*, pensando que aquello era otra de mis tantas alucinaciones. Hacía tiempo que no tenía ninguna porque desde días atrás ya no me subía la fiebre, pero era la única explicación que le encontré a aquella escena en los primeros segundos. Luego, cuando me incorporé, vi que había seis cabezas más. Eran ocho en total, cuatro a cada lado de la cama.

A partir de aquel día empezaron a venir cada mañana. Esperaban a que yo despertase y entonces rezaban y cantaban por mí. De extraño pasó a resultarme entrañable. Eran un grupo de chicos occidentales de aspecto muy peculiar: con la camisa completamente cerrada, la biblia en la mano y muy repeinados. Sin avisarme, se ponían alrededor de mi cama de forma simétrica y me veían despertar. Entonces ellos rezaban y se ponían a cantar. Antes de irse me tocaban, me hacían presión, supongo que aquello formaría parte de la ceremonia. Apenas hablamos. Un día les pregunté si trabajaban en el hospital y me dijeron que no, que eran voluntarios. Al igual que yo cuidaba de los niños, estos muchachos cuidaban de ¿mi alma? En fin, los primeros días me daban miedo, pero al final les puse el mote de «los Jesuses», y hablaba de ellos con mi familia a través del WhatsApp.

Porque ese era otro tema. Como en India había cuatro horas de diferencia respecto a España, yo me quedaba despierta hasta las tantas para poder hablar con mi familia y con el Ales. Mi madre, a estas alturas, ya había hablado varias veces por teléfono con el doctor y en una de estas se enteró del detalle de la malaria. Se cabreó conmigo por no habérselo explicado dese un principio y quería viajar para estar conmigo. Yo le dije que no lo hiciera, tardaría ella más en hacer las gestiones para poder venir que yo en regresar. Al menos eso era lo que yo quería pensar, porque, de ser así, significaba que a mí me faltaba poco para estar de regreso en casa. Lo que sí pudo hacer ella fue mover hilos para que los médicos españoles hablaran con los indios y solicitaran mi traslado a Barcelona.

El médico no quería dejarme ir.

La prueba de las heces seguía sin poder hacerse porque cada vez que olía a comida me entraban náuseas, y cuando comía algo tenía que levantarme para ir corriendo al baño a agacharme frente a la taza del váter...

«Vamos a ver, Paula, come ya algo de una maldita vez, ve al baño, pide al universo que te ayude, haz la prueba de las heces y empieza a contar los días para volver a casa».

Eso me dije de repente un día en el que me di cuenta de que, teniendo aquella última prueba que faltaba, la vuelta a casa podría adelantarse.

Estuve comiendo tostadas de pan de molde, dos cada mañana durante tres días. Aguantaba las náuseas como podía y evitaba vomitar a toda costa.

Y… ¡Tachán! Tiré de la cadena y guardé *aquello* en un frasco de plástico. De verdad, nunca había mirado *eso* con tanta felicidad.

Esa última prueba fue mi salvación. Los resultados fueron claves para que el doctor, o quizás mi futuro marido, hiciera un diagnóstico definitivo de lo que yo tenía, y…

¡No era malaria!

Eso me hacía muy pero que muy feliz, porque significaba que ya pronto podría estar de regreso en casa.

¿O no?

El afán de aquel médico era demostrar que ellos sabían tanto y podían hacerlo tan bien como en occidente.

—Le estamos administrando la medicación por vía intravenosa. Así no puede volar.

Siempre daba el mismo argumento y afirmaba que todavía tenían que saber qué me pasaba, que aún debía permanecer allí varios días más. Pero los médicos españoles, con los que estaba en contacto mi madre, consiguieron hablar con el hospital e hicieron que me cambiaran la medicación a vía oral, para que pudiera volar.

Por ellos supe, por fin, lo que me pasaba: tenía ocho bacterias diferentes en el estómago, entre ellas la de la desnutrición. Esta última hacía que mi cuerpo no asimilase lo que ingería y por eso adelgazaba y adelgazaba sin parar. Y esto, el médico que había estudiado en Boston, el mismo cuya familia se había hecho rica vendiendo tejidos de cachemir, quien esperaba que yo en un futuro le diese el «sí, quiero», ya lo sabía dese hacía mucho y lo único que estaba intentando era retenerme el máximo tiempo posible. ¿Para qué? Lo desconozco, pero todavía a día de hoy no sé qué sentimiento en mí es más fuerte: si el agradecimiento o el miedo hacia aquella persona que me cuidó y curó, y cruzó una línea que nunca debería haber cruzado.

La ambulancia que me llevaría al aeropuerto vino a recogerme de madrugada, aunque aquello, más que ambulancia, parecía una furgoneta. No estaba equipada por dentro y el chico que la conducía era bastante arisco, pero dadas las condiciones de aquel país, yo me sentía agradecida por todo. Me dio por pensar que me había equivocado de transporte o que quizás me habían engañado y en realidad lo que quería era secuestrarme... «Paula, es tu imaginación, te lleva a que cojas el vuelo», me decía a mí misma. Aun así, iba controlando las señales de tráfico para intuir por dónde iba.

Miraba por la ventana y vi a un chico escupir. Escupió sangre. Otra vez.

Por fin vi un cartel con un avión, pero el chico pasó de largo.

Se me paró el corazón.

Ahí sí que me cagué de miedo. Pero me armé de valor para decirle que al aeropuerto no se iba por esa carretera. El tipo ni me contestó, cogió el teléfono y estuvo hablando con alguien durante unos minutos que a mí se me hicieron eternos. En mi cabeza traducía del indio al español todo lo que decía:

—Sí, ya la tengo. Parece que tiene los riñones y el hígado en perfecto estado. Quizás también podamos aprovechar el corazón. No, de los pies olvídate, son asquerosos.

Resultó que se había equivocado. Él cambió de ruta y yo cambié de miedo, ahora no temía por él, lo que me preocupaba era no llegar a tiempo para coger el vuelo.

Pero llegué. Tampoco me libré de momentos muy ridículos en el aeropuerto. El seguro médico pagó el viaje para ir en primera clase, pero yo, mochilera, con la cara tan horrible que llevaba, los diez quilos menos…, como que no daba el perfil. Primero, varios clientes me echaron de la cola de facturación. Después, un empleado que me vio dormitando encima de una silla y reconoció la pegatina de los viajes en primera, me despertó para indicarme dónde estaba la sala VIP. Una vez allí, estaba cogiendo agua del catering gratuito (porque me habían prohibido comer) cuando otro hombre vino a echarme… Fueron incongruencias que, a mí, lo confieso, me divertían. Cuando por fin subí al avión me pasé el trayecto entero durmiendo.

Por fin aterricé en Barcelona.

En el aeropuerto me estaba esperando una ambulancia que me llevó al hospital. Allí me hicieron esperar más bien poco para darme el alta. Un par de indicaciones a mis padres sobre lo que yo podía comer, y a la calle. Pero yo estaba harta de todo. Echaba de menos estar con ellos, mi casa, mi cama, mi olor, mis cosas…

Y parece que aquí acaba esta historia de viajes y enfermedades.

Pero no.

Varios meses después de mi regreso a Barcelona, cuando yo ya había empezado mi segundo año de carrera y había recuperado casi todos los quilos que había perdido en aquel hospital, recibí un whatsapp.

¡Hola, Paula! El mes que viene voy a Barcelona a una conferencia médica. Sigue en pie lo de nuestro matrimonio. Te haría muy feliz y no te faltaría de nada.

- «Quizás estoy siendo egoísta, quizás no he venido aquí a ayudarlos a ellos, sino a ayudarme a mí. A sentirme mejor persona. Tal vez no es un gesto de generosidad, sino de egoísmo...». Ese dilema había surgido un día en el cole en la clase de Filosofía y yo no recordaba qué conclusiones habíamos sacado en aquella ocasión. Pero desde el hospital, yo sí saqué las mías. Quizás sí hay una parte de egoísmo en todos los gestos de generosidad y en todos los actos solidarios. Quizás sí. Pero también hay algo seguro, y es que, gracias a esos gestos y actos, algunas personas mejoran su calidad de vida, sienten que hay alguien ahí dispuesto a ayudarlas, no importa la distancia y las diferencias que nos separen, porque quien está allí con ellos lo ha dejado todo atrás para darles una oportunidad, por mínima que sea.

- Y no hace falta donar grandes cantidades de dinero o recorrer largas distancias para sentir que la ayuda que das es realmente significativa. A veces basta con entender que en el mundo no solo existe la vida que tú estás viviendo. Y que hay muchas otras maneras de hacer que esas vidas sean un poquito mejor. No todos tienen esas grandes cantidades de dinero o la disponibilidad para emprender un viaje como este. Pero todos vivimos situaciones en las que con pequeños gestos y actos podemos cambiar, quizás no la vida, pero sí el día de una persona.

Capítulo 17

EL ÚLTIMO ABRAZO

Para esta parte del libro vas a necesitar retomar lo que te conté en «Una sonrisa que jamás olvidaré».

¿Lo tienes en mente?

Pues sigamos.

Este capítulo es especialmente importante, porque quien lo protagoniza es la persona que conozco que más novelas ha leído en su vida. Quien me habló de un montón de autores e historias, metiéndome así en este mundo de los libros.

Por cierto, siempre recordaré los libros forrados con páginas de revistas... ¡Es algo que solo se lo he visto hacer a él!

Como sabes, mi padre pasó todos los veranos de su infancia en el País Vasco, en casa de unos tíos paternos. A él le encantaba pasar allí las vacaciones porque así podía estar cerca de su primo Juan Carlos (o Melendo, que es como todo el mundo le llama). Lo compartía todo con él: juegos, confidencias... Hasta compartían mejor amiga. Lourdes ha sido la novia de Juan Carlos desde siempre y mi padre iba con ellos a todas partes. Aunque, a veces, prefería dejarles solos y se iba con otro grupo de amigos.

Se llevaban tan bien que parecían hermanos. Siempre tuvieron una bonita relación, a pesar de verse tan solo en el verano; incluso ya de adultos, cuando cada uno comenzó a hacer su vida, seguían siendo uña y carne.

Por eso yo siempre tuve clara la relación tan estrecha que tenían mi padre y su primo, y por eso le ascendí a la categoría familiar de tío, pues bien se lo merecía. Mi tío Juan Carlos es una de esas personas que se hacen querer por todo el mundo. Y sí, suena a tópico, pero es que es una persona de diez. Yo me río un montón con él, e incluso cuando era pequeña notaba el cariño que sentían por él todos los que estaban a su alrededor.

Siempre está dispuesto a ayudar, da igual lo lejos que tenga que conducir o lo pronto que deba levantarse. Como él y Lourdes no tuvieron hijos, tienen amor para dar y regalar entre todos sus sobrinos, entre los cuales estoy yo, porque, naturalmente, ellos a mí también me ascendieron a esa categoría familiar. En mí se han volcado siempre muchísimo y aún me tratan como a una hija. Con mi hermano es igual, nos quieren con locura y así nos lo demuestran cada vez que nos vemos.

Debería estar usando otro tiempo verbal, pero después de ocho años sigo negándome.

El año que cumplí quince, él y Lourdes me regalaron un curso de surf. Así que ese verano me hice las maletas y allí que me fui superilusionada. Tenía muchísimas ganas de pasar un mes entero con ellos porque tienen un espíritu superjoven y me dejaban hacer todo lo que quería. Además, cocinan mejor que nadie y yo disfrutaba como nunca con ellos en la cocina y luego en la mesa.

Aquel verano lo recordaré siempre. Él me prestó una bici que ahora mismo no sé de dónde la sacaría. El caso es que yo, cada mañana, la cogía y pedaleaba escuchando música hasta una rotonda que estaba a diez minutos de casa, en Irún. En esa rotonda, aparcaba la bici y me subía a la furgoneta de la escuela de surf que me llevaba hasta una playa en Francia. Y allí, entre sal, olas y algas, pasaba la mañana aprendiendo a subirme a la tabla. Bueno, en realidad me pasaba la mañana cayéndome de ella, pero supongo que, mientras tanto, algo debía de aprender...

Llegaba a casa para la hora de comer y más tarde, nos sentábamos los tres en el sofá.

El *Tour* de Francia.

Melendo es muy aficionado a las bicis, así que no había tarde, durante esa competición, que no se durmiese viéndola en la tele.

Vale, sí, quizás es más aficionado a las siestas.

Después de aquel verano en Irún con mis tíos, volví a casa y empecé a echarles de menos. A Lourdes y a Juan Carlos. Aunque a él no tanto como lo haría un tiempo después.

Pasaron los años y, como siempre desde que yo tengo capacidad de memoria, íbamos en verano a Irún y ellos venían aquí para mi cumpleaños, en marzo, o para el de mi hermano, en diciembre. Pero un año fue distinto.

Le detectaron cáncer de colon.

Le detectaron cáncer de colon demasiado tarde.

Yo tenía diecisiete años ya y en mi casa la noticia cayó como un jarro de agua fría, helada. Pero yo, confiada en que se curaría, cambié el chip y al principio no me preocupé mucho por el tema. Esas historias las había escuchado de conocidos muy lejanos, de desconocidos. Y siempre me decía eso de «pero a los míos no les pasará, sería mucha casualidad».

Maldita casualidad.

La siguiente vez que fui con mis padres al País Vasco él ya había cambiado mucho físicamente. Iba en silla de ruedas y parecía otra persona. Pero, de pronto, hablaba y yo volvía a ver a mi tío, al Melendo de siempre. Para mí, pensé: «lo tenemos, este se queda aquí a dar guerra muchos años más».

En la siguiente visita yo quise hacer como que no pasaba nada, como que era fuerte y podía estar con mi tío sin pensar en su enfermedad. Se notaba que él también intentaba poner de su parte, pero no siempre lo conseguíamos. Lo que yo quería evitar a toda costa era que pensase que yo estaba sintiendo pena por él. Eso no podía permitirlo. De hecho, no sentía pena por él porque, repito, yo estaba convencidísima de que todo aquello muy pronto se iba a convertir en historia.

En su cumpleaños le organizaron una fiesta sorpresa y, obviamente, los de Barcelona nos subimos al coche y pusimos rumbo a Irún. No podíamos faltar. Éramos muchísimos, todos los que le querían estaban allí: amigos, familiares, compañeros de trabajo... Mientras hacíamos tiempo hasta que él llegara yo miraba las caras de esa gente y se me encogía el corazón. A todos se les podía leer el pensamiento: sabían que aquel sería el último cumpleaños que pasarían con Juan Carlos.

Lo que ocurrió cuando él llegó nos sorprendió a todos.

Los que estábamos presentes ya sabíamos cómo se encontraba físicamente, hacía tiempo que iba en silla de ruedas. Cuando atravesó la puerta él se quedó mudo de la impresión al vernos a todos reunidos y durante unos instantes nadie hizo ningún ruido.

Ni un «¡Sorpresa!».

Ni un «¡Felicidades!».

Todos nos quedamos parados, sin saber qué hacer. ¿Qué debió de pensar él en ese mismo momento? Entonces una compañera de trabajo de Lourdes, y muy buena amiga de ambos, se arrancó a cantar el «Cumpleaños feliz» ella sola y los demás nos unimos unos segundos más tarde.

Aceptar que te vas a morir tiene que ser duro. Muy duro. Todos sabemos que, algún día u otro, la vida se nos acabará, pero, por lo general, vivimos sin prestarle mucha atención a ese fin porque nadie sabe ni cómo ni cuándo. Excepto cuando tienes una enfermedad. Entonces ese final se hace visible y parece que lleves la fecha marcada en la frente, a la vista de todos.

Cuando llegó Navidad mi tío ya estaba especialmente débil. En su casa se volvió a juntar mucha gente en Nochevieja y, una vez sonó la última campanada, todos empezamos a intercambiar besos y abrazos entre nosotros. Melendo estaba presidiendo la mesa y cuando me tocó el turno, al segundo beso ya no me pude despegar de él porque no quería que me viera llorar. Igual que me pasó con mi madre cuando fui consciente de la muerte de mi abuelo, me escondí en su abrazo para que no me viera la cara llena de lágrimas. No me quise despegar porque pensé que con mi llorera le fastidiaría la noche. Y todos allí estaban tristes, no era la única. Me tuvo que separar él. Me miraba y me decía que no pasaba nada, pero yo salí corriendo a llorar a otro lado. Fue raro tener que calmarme y volver al salón, pero había que hacerlo. Por mí, por él y por toda la gente que allí estábamos celebrando un día especial juntos.

Pasaron algunos días hasta que llegó el momento de volver a Barcelona y, con él, la despedida. Jamás olvidaré el «adiós» en aquella última visita. Yo no quería volver a dar la nota, así que me despedí como se despiden dos familiares que se van a volver a ver en poco tiempo. Con la diferencia de que lo más probable era que no íbamos a volver a vernos. No podía decirle adiós sabiendo que aquel abrazo sería el último. No podía.

A los cincuenta años, se fue para brillar junto a mi abuelo Eliseo.

Desde entonces, cuando miro al cielo, busco las dos estrellas que más brillan.

Ahora, que tengo un alma que no tenía.
Ahora, que suenan palmas por alegrías.
Ahora, que me despido, pero me quedo.

Esta canción siempre me recordará a él.

Era una persona muy especial para mí. Lo sigue siendo. Y aun hoy no entiendo por qué no está él junto a mi tía Lourdes cuando nos abre la puerta de casa al llegar a Irún en verano.

Era la segunda persona de mi vida que se iba. Y la primera en irse tan pronto.

La muerte de mi abuelo la acepté y entendí porque forma parte de la vida. Naces, creces, envejeces y mueres. Y él ya había vivido todo lo que tenía que vivir. Siempre le echaré de menos, pero entender el porqué de su muerte no me deja preguntas sin responder.

Entiendo que las enfermedades también forman parte de la vida. Que el cáncer es una auténtica mierda y que por culpa de él se van muchos a quienes queremos y echamos de menos. Pero sigo sin entender el porqué.

Por qué él
Por qué tan pronto
Por qué de repente
Por qué a ella
Y por qué no vuelve
Quién decide quién se va y quién se queda
Y si existe ese quién

Y aprendí…

- Hay que aceptar la muerte. O fingir que lo estamos intentando porque, en el fondo, sabemos que nunca la vamos a aceptar. Para mucha gente es un tabú que se asimila en silencio y solo a través del dolor, pero creo que deberíamos hablar de la muerte con más frecuencia. Acercarnos a ella de una manera menos oscura nos haría enfrentarla de otra manera.

- A veces no es tanto el «por qué», sino el «para qué». Y sí, sé que tampoco es fácil encontrar un motivo que responda a ese «para qué». Pero al menos podemos inventarnos otras razones. Prefiero pensar que su ausencia nos está enseñando a los que estábamos a su alrededor. A valorar más los momentos con las personas que queremos. A sentirnos más afortunados por tenernos los unos a los otros. A sentirnos orgullosos por poder decir que, durante mucho tiempo, formamos parte de su vida. A ver esa vida con otros ojos. Porque es algo que nos pertenece y que debemos disfrutar. A cuidarnos cuando lo necesitamos, a apoyarnos. A llorar para desahogarnos y a reír para lo mismo. Prefiero pensar que su ausencia nos está enseñando a echar de menos. A los que faltan y esos momentos que pasamos junto a ellos.

Capítulo 18

MI PERSONA FAVORITA

Seguramente ya conoces al protagonista de esta historia. Pero creo que aún hay muchas cosas que necesitas saber.

De pequeña nunca tuve una vocación muy clara, más bien al contrario. Estuve desmotivada en el colegio en varias ocasiones, y cuando llegó el momento de entrar a la universidad no sabía qué carrera escoger. Dudaba entre Medicina y Publicidad, y para ambas necesitaba una nota bastante alta, así que me puse las pilas a última hora. Al final, dándole muchas vueltas, llegué a la siguiente conclusión:

Medicina me gustaba porque me generaba mucha curiosidad y me pasaba la vida leyendo libros de biología y este tipo de cosas, pero no estaba segura de si sería feliz ejerciendo como médico. En cuanto a la Publicidad, sí me apetecía trabajar en contacto con la creatividad, los anuncios y eso... Aunque no me llamara tanto la atención en un principio.

Acabé haciendo Publicidad.

Cuando empecé el curso me enfrenté a un nuevo cambio en mi vida. Tanto a nivel académico como a nivel personal: la metodología de la universidad era diferente a la del bachillerato alemán y todas las caras eran nuevas para mí. Mi comienzo en aquella carrera se me hizo un poco raro.

Por un lado, venía de un colegio donde la disciplina y la exigencia son bastante altas y donde la forma de hacer las cosas es distinta a la del sistema español. Hay cosas mejores y otras peores; lo que está claro es que son muy diferentes. Escuchar a mis compañeros de clase referirse a los profesores por su nombre de pila se me hacía rarísimo. Para mí, a un profesor había que llamarle por el apellido, con un «señor» o un «señora» delante.

Volver a estar en un ambiente donde la gente era más «como yo», era extraño. Pero me gustaba.

Había dejado de ser de los raritos del colegio para ser una más en la universidad.

En la clase había mayoría de chicas. Los chicos eran apenas ocho, si no recuerdo mal. A uno de ellos ya le conoces, de hecho, es el título de este capítulo... Nos hicimos amigos y compartíamos bastantes conversaciones porque teníamos algo en común: los dos veníamos de colegios parecidos. Yo, de hacer la Selectividad alemana; él de hacer la francesa. Y eso nos dio mucho de qué hablar, porque a ambos nos llamaban la atención las mismas cosas, como la de llamar al profesor por 'José', en lugar de 'señor Cavia'.

Por cierto, recuerda que en esa época yo seguía en mi eterna relación de «ahora sí, ahora no». El verano después de ese primer año de carrera fue cuando viajé a Londres a intentar olvidar. Pero, de momento, ese verano todavía no había llegado y yo estaba con mi novio. Y Alex con la suya.

Nos llevábamos bien y eso me encantaba, pues tenía un amigo con el que poder compartir lo que pensaba. En clase, a veces, nos sentábamos juntos y nos reíamos muchísimo, formábamos parte de los mismos grupos de trabajo, hablábamos mucho por WhatsApp y también salíamos de fiesta con la misma gente.

Estuvimos así un tiempo hasta que un día me mandó un mensaje diciéndome que su novia le había dejado. Aquella noticia me sorprendió y me sentí realmente mal por él. Sabía que llevaban mucho tiempo juntos y que nunca lo habían dejado. De hecho, siempre le decía que se sintiese afortunado, que, por desgracia, mi relación no había sido tan sana.

Yo seguía muy obsesionada con mi novio, segura de que nos íbamos a casar a pesar de todo. Además, como para mí era normal eso de «ahora te dejo, ahora estoy contigo», le aseguré a él que no tardarían nada en volver. Era a lo que yo estaba acostumbrada...

Pero, casualidades de la vida, a la semana siguiente mi novio me dice que me vuelve a dejar. Y ahí decidí que esa tenía que ser la última vez, no podía estar toda mi vida pendiente de él ni aguantando tantos altibajos. Quise cambiar el chip, abrir mi mente. Me sentí muy segura de la decisión que había tomado, así que ya no había vuelta atrás. Además, me abriría a conocer a otra gente y eso me motivó porque —pensé— ya estaba bien de seguir soñando con algo que se estaba apagando hacía tiempo. No pensaba en Alex en concreto, era una idea más bien genérica que me impuse para salir de aquel bucle tan tóxico.

Y era lo que todo mi entorno me había estado aconsejando desde hacía tiempo, solo que yo tenía que darme cuenta sola y hasta ese momento no lo había hecho.

Recuerdo que días después de que nuestras parejas nos dejasen, empezamos a hablar más y más. Nos contábamos cómo estábamos, qué sentíamos, cuánto les echábamos de menos. Y comenzamos a necesitar esas conversaciones. Estaba claro que nos habíamos convertido en buenos amigos durante ese primer año de universidad, pero poco a poco, ya en segundo de carrera, fuimos olvidándonos de hablar de nuestras exparejas.

Una noche que salí con gente del cole, coincidí con él y su grupo de amigos. Y hablamos. Hablamos mucho. Fue curioso, porque estuvimos más rato hablando fuera que dentro con nuestra gente. Y eso ya empezaba a no ser tan normal. Yo tenía que irme y él me acompañó a la parada del autobús, donde estuvimos otros veinte minutos hablando hasta que me marché.

Desde esa noche hablábamos todo el rato. Por todo y para todo. Teníamos tanto que contarnos el uno del otro, sobre nuestra vida, nuestras inquietudes, nuestro día a día... Todo era nuevo.

Poco más tarde fue mi cumpleaños y me regalé un viaje a Roma con Guille, mi mejor amigo del colegio alemán. Me salté dos días de clase por conocer esa ciudad italiana, así que le pedí a mis compañeras que me avisaran si había algo importante que hacer.

No tardaron en darme la noticia de que en la asignatura de Diseño Gráfico teníamos que juntarnos por parejas para hacer un trabajo y, ¿adivinas quién más no tenía pareja?

Pues eso.

Gracias a que mis amigas mediaron entre nosotros, Alex me envió un mensaje preguntándome si quería hacer el trabajo con él.

¿Yo un trabajo con él?

100%

Con la excusa de que teníamos que juntarnos para hacer ese trabajo, quedamos un montón de veces, y ahí nos dimos cuenta que funcionábamos bastante bien en equipo. Nos complementábamos y además nos reíamos demasiado.

La siguiente vez que coincidimos, también fue de noche.

Nos besamos.

Aquel fue el sello que haría que nuestra amistad se convirtiese en algo más, pero fue poco a poco. Entre otras cosas, a mí se me hacía muy raro sentir algo por alguien después de tantos años habiéndolo sentido por otra persona, y supongo que a él le pasaría igual, así que simplemente lo dejamos fluir.

Faltaba solo un fin de semana para la entrega del trabajo de Diseño Gráfico y todavía quedaba mucho por hacer, así que vino a casa para acabarlo y justamente mis padres se habían ido a la playa esos dos días.

No hicimos diseño gráfico.

Fui bastante seca y fría después de aquello. Y él también. Supongo que se nos hacía raro estar viviendo esa situación con alguien diferente y justo después de haberla vivido tantas veces con la misma persona durante años.

Pero lo que empezó así acabó enseñándonos que teníamos una conexión brutal.

Lo he dicho muchas veces: Alex es como yo, pero en chico. Además, nunca había sentido esa ilusión, esas ganas de empezar algo nuevo. No había estado así de enamorada antes. Había estado enamorada de mi ex, sí. Y mucho. Pero ese amor se había convertido en obsesión y en necesidad. En dependencia del uno por el otro. Ahora, en cambio, sentía que teníamos la oportunidad de empezar algo sano, de aprovechar los errores del pasado para no fallar de nuevo.

Estábamos muy enganchados y nos encantaba pasar tiempo juntos, tanto dentro de la universidad como fuera de ella. Íbamos con ganas a clase sabiendo que nos veríamos, y nos moríamos de ganas por acabar las clases para ir juntos hasta el metro, donde nos separábamos para irnos cada uno a nuestra casa. En realidad, no nos reconocíamos como novios, más bien éramos un poco más que amigos. Quizás fue por eso por lo que al principio no se lo contamos a nadie.

Fue genial llevar el comienzo de nuestra relación en secreto.

Bueno, mi madre lo sabía desde el principio porque se da cuenta de todo. Si dice «Paula, no hagas cenas en casa» o «no cojas nada de mi armario mientras nosotros no estamos»...

Se entera. Siempre se entera.

—Paula, tú has vuelto con él, ¿no?

Ella se olía algo, pero ni mucho menos se imaginaba que había dejado atrás esa relación de más de cuatro años para empezar a tener algo con uno de mis amigos de la uni. Para nada se imaginaba eso.

—Me gusta un chico.

Sonrió tanto que no supe qué decir y me quedé callada. Se alegró demasiado por mí, porque la verdad es que ella estaba harta de las idas y venidas con mi ex, y tenía claro que nos hacíamos daño. Así que cualquier indicio de que yo estaba empezando a olvidarle era motivo de alegría.

«Me gustas».

Alex y yo seguíamos quedando a escondidas de nuestros amigos. Pero los más cercanos empezaron a sospechar de tanta miradita y tanta risa, así que fuimos confesándolo poco a poco a algunos de ellos. Les decíamos que era secreto y que había una lista de personas que estaban al tanto de lo nuestro. Se la enseñábamos para que ellos supieran quiénes eran, por lo que, si alguien de fuera de ese círculo se enteraba, sabríamos que nos habían delatado.

De verdad: ahora mismo estoy pensando en qué ridículo era el tema este de la lista, pero en aquel momento era demasiado divertido ver cómo los que se enteraban por nosotros iban revisando la lista para saber con quién podían comentar aquella noticia. Porque claro, después de un año y pico siendo amigos y con nuestras parejas de siempre, todo el que se enteraba alucinaba con la historia.

En realidad, a esas alturas nos daba igual que se supiera, pues había pasado un mes de aquella noche en mi casa, pero era entretenido mantenerlo en secreto. Cuando salíamos de la universidad los viernes, hacíamos ver que cada uno se iba a su casa, pero después volvíamos a juntarnos para ir a sentarnos un rato a un parque o a dar una vuelta por Barcelona. En una de esas vueltas, bajando Vía Laietana, empezamos a hablar de lo mucho que nos gustaban los perros.

Unos meses después, llegó esa rata blanca a nuestras vidas. Que, si me seguís en las redes sociales, ya sabéis cómo se llama…

Mientras tanto, en mi casa Alex ya había pasado otro filtro: el de mi hermano. Le salía de forma natural ser muy cariñoso con Víctor. Le hacía bromas, jugaba con él..., así que se ganó a Víctor y a mis padres muy rápido.

Pero antes…

Yo aún seguía pensando en lo raro de todo lo que estaba pasando. En la suerte que había tenido por cruzarme con Alex en el camino. Le daba vueltas a cómo todo lo que estaba ocurriendo en mi vida me estaba haciendo cambiar.

Durante todo ese tiempo, no solo sentí que yo había cambiado de chip, sino que también había madurado. Había cogido mucha fuerza y seguridad en mí misma, por lo que fui consciente de que aquel capítulo de mi vida, el capítulo que compartí con mi ex, había terminado para darnos una oportunidad, esta vez por separado, para dejar de hacernos daño el uno al otro.

Va a hacer cinco años desde que el Ales y yo dejamos de ser compañeros de clase para ser mucho más que eso. Y en estos cinco años me he convertido en una persona diferente de la que era antes. Nos hemos enseñado muchísimas cosas el uno al otro sin saber que nos las estábamos enseñando. Él forma parte de mi familia y yo de la suya, y hemos pasado por momentos inolvidables, para bien y para mal.

Esta última etapa de la relación está siendo, quizás, la más especial de todas, para lo bueno y para lo malo. Nuestras vidas han cambiado por completo y compartimos vida personal y profesional. Vivimos juntos y trabajamos juntos. Discutimos por temas personales y profesionales. A veces ni siquiera sabemos por qué estamos discutiendo: si por algo de la relación o por algo del trabajo. Pero lo llevamos lo mejor que podemos, sabiendo que nos compenetramos como nadie. Que él lo conoce absolutamente todo de mí. Y yo de él. Lo muy bueno y también lo muy malo. Y nos entendemos. Y nos aceptamos como somos. Porque nos queremos.

Y eso me encanta.

Me encanta que me aguante histérica perdida en medio del mar y me coja para llevarme a la orilla.

Que me calme en mis ataques de loca y mis bloqueos mentales.

Me encanta que sepa sacarme de las mismas casillas en las que luego él mismo me vuelve a meter.

Creo que con él empecé a usar lo de *personaguapa*.

Bendita la decisión de escoger aquella carrera. Bendito el momento en que nos tocó la misma clase. Y benditas todas las casualidades que han hecho que seamos mucho más que mejores amigos.

Y aprendí...

- Con Alex empecé a ser quien soy. En mi relación anterior, dependíamos tanto el uno del otro que mi personalidad se fundía con la suya y no era yo al 100%.

- El amor tiene varias etapas. Lo que sentí por mi primer novio fue amor, pero uno muy distinto del que ahora siento por Alex. Creo que la edad y la estabilidad emocional son muy importantes en este aspecto.

- Por otro lado, si yo no hubiera conocido a Alex, no habría escrito este libro ni tú me conocerías y, probablemente, no me habría abierto una cuenta de Instagram. Quizás yo sería otra Paula. Una Paula que habría hecho otra vida muy diferente a la que tengo ahora. O quizás no... Esto da para pensar bastante, así que mejor lo dejamos para otro capítulo más adelante.

Capítulo 19

AHORRAR, AHORRAR Y VOLVER A AHORRAR

Y ahorrar otra vez.

Volvamos algunos años atrás. Bastantes. Muchos. Volvamos a cuando aún estaba en el colegio.

Más allá de las fiestas de cumpleaños o Navidad, no era habitual que me compraran nada que no me hiciera falta, aunque a mí se me antojara. Por eso, estando en la escuela alemana no podía aspirar al ritmo de vida que llevaban muchos de mis compañeros. Cada finde, la mayoría se iban de viaje con sus padres, salían a cenar entre semana a restaurantes caros y siempre iban a la última moda, tanto en la ropa como en mochilas, estuches, plumas y estas cosas. Aun así, en la adolescencia comencé a tener ciertas necesidades que mis padres no me cubrían. Y no siempre era porque no pudieran, es que negándome los caprichos que yo pedía constantemente conseguían mantenerme con los pies en el suelo.

Mi abuelo Eliseo, en la época en la que estaba tanto tiempo en casa, también se encargaba de hacerme entender que hay que valorar lo que tenemos. Y trabajar duro por lo que queremos. Pero, ya sabes, me lo hacía entender sin saberlo siquiera. Crecí siendo consciente de lo mucho que cuesta ganar el dinero, así que, para poder hacer algunas de las cosas que hacían mis compañeros, valoré la posibilidad de tener un trabajo compatible con mis estudios.

Empecé con catorce años dando clases extraescolares a niños más pequeños que necesitaban refuerzo en inglés, matemáticas, alemán, biología... Realmente repasábamos de todo, así que mi deber era ayudarles con lo que necesitaran. El problema era que no me sentía cómoda enseñando: me aburría y me sabía mal que mis «alumnos» también pensasen como yo. Así que lo hice durante un tiempo y después me busqué otras cosas.

Se me ocurrió poner un cartel en el tablón de anuncios de mi colegio para ofrecerme como canguro. Sabía que tenía bastantes posibilidades de que me llamaran, porque los alemanes que venían aquí por trabajo solían necesitar ayuda en casa para que alguien cuidara de sus hijos. Así que contaba con que tarde o temprano me llamaría alguien.

Efectivamente, me contactó una familia alemana y tuve que pasar una breve entrevista para que ellos comprobaran que yo era buena candidata. Además de cuidarlos, tendría que hablarles en español para que ellos fuesen acostumbrándose al nuevo idioma. En un principio me sonó a trabajo ideal, eran dos niños de diez y doce años a los que tenía que llevar por las mañanas a la escuela de verano, luego debía pasar a buscarlos, darles de merendar, llevarles a casa, hacer deberes o jugar con ellos, ducharlos y hacerles la cena.

No fue tan maravilloso como parecía en un principio. De hecho, fue un mundo que me costó asimilar. Los niños eran extremadamente caprichosos y me trataban como a una criada de telenovela. No me respetaban, me hablaban mal e incluso me gritaban. Yo no estaba preparada para aquello y me sentía fatal trabajando así. Creo que ha sido de las peores experiencias que he pasado en un empleo; físicamente no me cansaba, pero era agotador mentalmente.

El problema era que sus padres apenas estaban en casa y nadie con autoridad les corregía esas actitudes. Cuando ellos volvían, nos veíamos durante tan poquito tiempo que yo me limitaba a comentar si no habían querido cenar o ducharse. Supongo que, precisamente porque no convivían mucho, no querrían broncas para el poco rato que pasaban juntos.

Pero el último día de trabajo le conté a los padres con detalle lo mal que me había sentido durante esos dos meses.

¡Necesitaba tanto hablar con ellos! Ya no solo por mí, sino para que intentaran modificar el comportamiento de esos niños si no querían que en el futuro se convirtieran en tiranos. Me dieron las gracias por mi sinceridad y la verdad es que reaccionaron mejor de lo que me esperaba. Todo aquello me hizo aprender y reflexionar sobre muchas cosas, al menos sobre lo que no quiero para mis futuros hijos ni para cualquier niño en el mundo.

No sé si te acuerdas, pero en algún capítulo anterior te conté que en casa de uno de mis amigos siempre me quedaba mucho rato hablando con la señora que limpiaba. En cierta manera, lo hacía porque recordaba cómo había sido mi verano como canguro y quería que, al menos por un rato, ella se sintiese una más hablando conmigo de cualquier cosa.

Después de aquellos meses trabajé en otras cosas hasta que, finalmente, encontré algo que me iba genial para poder financiarme mientras acababa los dos últimos años de cole. Lo mismo que, más tarde, me ayudaría a ahorrar durante los años de carrera: me apunté a dos agencias de azafatas de congresos con diecisiete años. Me fue muy bien ahí y ahorré dinero, porque el trabajo en sí era muy flexible. Por lo general, buscaban a gente amable y con disposición y, a veces, con idiomas. Y a mí siempre me ha gustado hacer que algo funcione poniendo un poco de mi parte y que otros se sientan a gusto gracias a mi trabajo. Además, también me servía para practicar el inglés, el alemán y el francés fuera del colegio. Fue gracias a este trabajo por lo que pude ahorrar para mi verano en Londres.

Los trabajos que me salían como azafata iban desde servir cafés en algún *stand* de alguna feria de móviles o repartir panfletos de alguna tienda en la calle, hasta aguantar puertas o pasar micros en salas de conferencias sobre la fecundación in vitro.

Aunque había momentos de bajón.

Porque, a veces, me tocaba volver a casa de madrugada después de la cena de alguna convención en la que había tenido que estar de pie cuatro horas en la boca del metro indicando, con un cartel, la dirección hasta el restaurante. Y me tocaba volver en un autobús que a esas horas iba lleno de borrachos que iban o venían de fiesta.

«¿Qué estoy haciendo aquí?»

Llegó un momento en que empecé a decir que sí a todos los trabajos que me salían. Necesitaba ahorrar y no podía decir que no a nada porque sabía que, si no mostraba disponibilidad, dejarían de llamarme. Y cuanto más trabajaba, más propuestas me llegaban.

Había veces en que aceptaba trabajos que se solapaban entre sí por algunos minutos y tenía que salir corriendo del primero para llegar un poco tarde al segundo. Otras, cuando me tocaba hacer esas cenas de las que te hablaba antes, llegaba a casa a las cuatro de la mañana sabiendo que a las siete tenía que estar en las oficinas de alguna empresa para repartir los regalos de Navidad entre los empleados. Aun así, yo lo hacía lo mejor que podía.

Es bueno saber lo que cuesta ahorrar.

Una de las veces me tocó compartir una experiencia un tanto complicada con una compañera. Era en el Gamper, un trofeo amistoso que organiza el Fútbol Club Barcelona una vez al año y en el que se hacen diversas actividades durante todo el fin de semana. Nosotras estábamos trabajando en un campo de fútbol muy pequeñito, casi de juguete, hecho expresamente para aquellos días. Nuestra tarea consistía en distribuir refrescos y dejar que los niños jugaran, con orden y control. Aquella tarde había mucha cola y, a medida que entraban al campo, repartíamos cuatro petos azules, cuatro verdes y a jugar un partido de cinco minutos.

Uno de los muchos niños en la fila tenía una enfermedad mental e iba acompañado por su madre.

—¿Puede jugar? No hace falta que forme parte de ningún equipo. Con poder entrar al campo y sentir que está jugando, a él ya le vale.

Ni lo pensamos. Claro que podía entrar y jugar. ¡Solo faltaría!

Entraron todos al campo y nosotras estuvimos especialmente atentas a ese partido. Había un niño en el equipo que se reía con él y le daba igual si cogía el balón con las manos o hacía un mal pase. Simplemente quería que participase y se sintiese uno más. Pero, a su vez, en el mismo equipo había otro chico que se quejaba y que llegó a insultarle. Ahí tuve que acercarme a poner orden porque no podía permitir eso. No obstante, el quejica insistía en que aquel niño no podía jugar el partido porque estaba haciendo que todos perdiesen el tiempo.

Al instante de empezar y ver aquello, la madre del que se estaba quejando se acercó a mí y a mi compañera a decirnos que sacáramos a aquel niño de allí, que estaba entorpeciendo el partido. Que si no veíamos que su hijo estaba hasta las narices del otro, que ya le había dado un par de patadas…

Al principio me callé porque no sabía cómo reaccionar, pero de pronto sentí la impotencia.

—¿Lo está diciendo en serio, señora? —le respondió mi compañera.

—Claro que lo digo en serio, llevamos mucho tiempo esperando en la cola como para que ahora mi hijo no pueda jugar un partido a gusto.

En ese momento tuve que explotar delante de aquella mujer.

—¿A usted le gustaría que ese fuera su hijo? ¿Que no tuviera derecho a jugar? ¿Es tan importante para él este partido? Porque aquí la gente viene a jugar y a pasar el rato. Bastante problema tiene este chico en su vida como para que ahora venga usted a estropearle un momento divertido. Ojalá el único problema de su hijo en la vida sea como el que está teniendo hoy aquí.

La mujer siguió muy enfadada, entró al campo, cogió a su hijo y se fueron los dos de allí.

—Esto es indignante, aquí no hemos venido a perder el tiempo...

El colmo fue que, cuando acabó el partido, que se alargó unos diez minutos, la madre del primer chico se acercó a pedir disculpas por la situación que acabábamos de vivir. Yo estaba a punto de llorar. Lo más triste fue cuando nos contó que estaban acostumbrados a este tipo de reacciones, que lo había vivido muchas veces, pero que no se había querido acercar para que su hijo no la viera discutir. Prefería que no se enterase de lo que estaba pasando.

¿Te acuerdas de la escena que presenció mi madre en el parque con aquella otra mujer? La misma que le propuso coger un avión de vuelta a Ucrania. Pues bien, aquello pasó después de esta anécdota que te acabo de contar y, cuando mi madre vino destrozada a casa, me acordé de esta historia. Solo que esta vez eran mi propia madre y mi hermano quienes habían vivido esa situación tan desagradable.

En definitiva, creo que tener experiencias laborales de este tipo te hace conocer a las personas. Incluso dentro de lo malo, siempre habrá un aprendizaje. A mí, estos dos casos me sirvieron para reconocer la importancia de trabajar la paciencia y la empatía.

Pero no siempre soy yo la buena de la película, así que te contaré qué pasó para que un día faltase al trabajo sin avisar.

Sucedió cuando aún estaba con mi ex. ¿Recuerdas que lo dejábamos cada poco para luego volver y dejarlo más tarde y volver a volver?

En fin...

Te hablo de la época en la que me costaba mucho no agobiarle porque siempre quería estar con él. Y hasta poco antes, por su parte era igual.

Pues bien, uno de los trabajos que acepté era estar en la puerta de un supermercado parando a las personas que entraban para ofrecerles hacerse la tarjeta de cliente. Yo acepté el trabajo porque me dijeron que estaba en un sitio que quedaba cerca de casa, pero me lo maquillaron bastante y aquel lugar resultó estar bastante apartado de mi zona. Era diciembre, así que yo tenía vacaciones en mi primer año de carrera, pero a la vuelta de estas empezaba un mes cargado de exámenes trimestrales que me tenían bastante preocupada. Mi plan diario de lunes a sábado era: mañana y tarde de pie en la puerta del supermercado y al medio día sentada en el almacén comiendo y estudiando.

Anímicamente no llevé nada bien esos días porque, para colmo, toda la gente pasaba de mi cara y nadie se quería hacer la puñetera tarjeta. Parecía invisible. En realidad, no me importaba que no se la hiciesen porque yo no ganaba nada por ello, pero necesitaba, al menos, un gesto, un «hola», un saludo con la mano o un intento de sonrisa. Cualquier cosa que no me hiciese sentir tan inútil e invisible a los ojos de los demás.

En aquel momento yo ya tenía el carné de conducir y, para practicar, mi madre me venía a buscar a las nueve de la noche, cuando cerraban, y me dejaba volver a casa llevando yo el coche, con ella de copiloto. En una de esas tardes, escribí a mi novio de aquel entonces.

—¿Nos vemos esta noche?

Necesitaba verle y desconectar de todo aquello y él me respondió que le parecía bien. El caso es que tardé demasiado en regresar a casa, porque me equivoqué y me desvié. No podía coger el móvil para avisarle porque iba al volante, y a mi madre no le quería decir que volvíamos a vernos porque entonces me rayaría la cabeza.

Cuando llegué a casa, leí un mensaje que él me había enviado en el que me decía que estaba comprando unas pizzas con sus amigos, que cenaría con ellos. ¿Pero no había quedado conmigo? Me enfadé muchísimo y fui a hablar con él. Yo no entendía por qué no me había dicho nada. Ni un «me sabe mal» ni un «vente con nosotros». Habría preferido que me dijese «no quiero estar contigo, búscate la vida» a que me tuviese así.

En aquella época nuestra relación ya era muy extraña. El problema era que, estando juntos, estábamos muy bien. Y estando bien, hablábamos y no entendíamos por qué luego estábamos tan mal. Un lío que aún a día de hoy sigo sin entender. Pero bueno.

Necesitábamos hablar.

Y necesitábamos hacerlo ya.

Al día siguiente, mi cabeza estaba tan dispersa que no fui capaz de ir a trabajar. No podía. Necesitaba aclarar las cosas con él enseguida para quitarme aquel peso de encima. Así que no acudí al trabajo. Desaparecí del mapa y ni avisé de mi ausencia. Solo me quedaba ese fin de semana en aquel supermercado y pensé que quizás ni se enterarían, pues allí me pasaba las horas muertas yo sola y nadie controlaba si estaba o no en mi puesto.

Pero se enteraron. Y pasé mucha vergüenza cuando me echaron la bronca.

¿Hacía falta?

Más tarde, en el último año de carrera, empecé a trabajar en una empresa para cubrir las prácticas obligatorias sin las cuales no podía graduarme en Publicidad. Aquellos meses de prácticas acabaron, me gradué y seguí trabajando como azafata mientras buscaba ya un trabajo más serio, de lo mío.

Pasó un tiempo y me contactaron de la empresa donde había estado haciendo las prácticas. Se ve que alguien dejaba su puesto de trabajo y yo cumplía los requisitos para ocuparlo, así que pasé unas pruebas de selección y firmé lo que fue mi primer contrato de trabajo por tiempo indefinido.

Yo estaba superilusionada. Con muchísimas ganas de poner en práctica mis conocimientos y de demostrar lo que sabía.

Pero me fui.

Dejé el trabajo.

Y aprendí…

- Que estudiar y trabajar es una buena manera para aprender a gestionar mejor tu tiempo y que tener que ganarte un dinero y saberlo administrar y ahorrar te hace valorar luego mucho más las cosas. Aprendes a saber cuánto esfuerzo hay detrás de todo lo que consigues, y gastar tus propios ahorros en algo hace que pongas muchísima más ilusión en ese algo.

- Que la separación de estatus entre personas no tiene ningún fundamento. Los niños pequeños a los que estuve cuidando se sentían con el derecho de tratarme mal por ser alguien que estaba a su servicio. Todos somos personas y no importa en qué trabajemos, de qué color sea nuestra piel o de quién nos enamoremos; hay que respetar.

- Sobre todo, a esas personas que están en la calle repartiendo panfletos o a esas otras que, en la puerta de un supermercado, te preguntan si ya tienes la tarjeta de cliente…

- Me siento feliz y agradecida de haber podido probar diferentes tipos de trabajos. Y siento que todos y cada uno de ellos me han aportado muchísimas cosas. Desde la zapatería en Londres hasta los perfumes en los grandes almacenes. Tengo muy buenos recuerdos de todos los momentos que he pasado trabajando para ganarme mi dinero y siento que, por el camino, he conocido a muchísimas personas que, sin saberlo, son responsables en cierta medida de que yo hoy sea como soy.

- Lógicamente ha habido recuerdos peores y situaciones incómodas, pero también de ellas he aprendido. A ponerme en el lugar de quien sirve a otros. Por eso sentía la necesidad de dar conversación a la mujer que servía en la casa de mi amigo del colegio. Y por eso, siempre cojo los folletos que me ofrecen en la calle. Siempre saludo y sonrío, aunque pase rápido delante de alguien que me quiere vender algo, y doy las gracias a quien sostiene una puerta ante mí. Cuando entro y salgo de algunas tiendas me dirijo a la persona encargada de la seguridad para darle los buenos días, las buenas tardes o las buenas noches. Creo que son cosas que no nos cuestan nada. Son segundos lo que tardamos en pronunciar esas palabras, y a quien las escucha pueden cambiarle el día por completo.

- Hay personas que ahora mismo no son conscientes de que una vez, con una sonrisa o un «hola», fueron capaces de transformar mi triste día en uno mejor. Por eso, desde entonces, siempre intento ser una de esas personas.

Capítulo 20

Y EMPECÉ A COMPARTIR MI VIDA, PARTE UNO: COMPLEJOS

Siempre había criticado las redes sociales. Siempre. Ni Instagram, ni Twitter, nada. Yo no tenía nada de eso. Y la persona con la que había crecido y compartido todo en esos últimos cuatro años, tampoco. Y ambos criticábamos a quienes usaban esas vías para anunciar lo que hacían en cada momento.

¿Qué tienen que enseñar ahí?

¿Para qué lo hacen?

¿Y a mí qué me importa lo que hagan con sus vidas?

¿Qué me aporta saber que están en una *infinity pool* en Bali?

Creía que muchas de esas personas eran gente creída y que solo estaban ahí para mostrar el lujo y lo que las marcas les regalaban. Que si foto de comida por aquí o de bolso caro por allá...

Hablando de comida...

Mientras estuve en Londres descuidé mi alimentación muchísimo. No quería gastar mucho porque mi intención era, en la medida de lo posible, ahorrar un poco. Pero en Inglaterra comer bien y ahorrar no es compatible, así que era capaz de hacerme una tortilla de patatas gigante que me durase para tres días, y eso era mi desayuno, mi almuerzo y mi cena. Cuando trabajaba en la zapatería en Camden tenía solo media hora para comer, así que iba a por *fast food*. O me iba al Camden Market, donde hay muchísimos puestecitos de comida de todo el mundo, y me compraba arroz con pollo rebozado. Todos los días al mismo sitio. La chica que atendía ya me conocía y me hacía un euro de descuento.

Aquello podría haberlo hecho mucho mejor, sí. Pero en aquel momento la alimentación no era mi prioridad. Estaba tan feliz por estar allí sola aprendiendo tantas cosas... Además, el viaje a Londres lo empalmé con otro voluntariado que hice por Europa para la integración de los países en la Unión Europea. Fuimos cinco personas representando a España, y estuvimos en Berlín, Rumanía, Azerbaiyán, Estambul… En un viaje así no puedes comer lo que quieres, sino lo que te dan. Con eso te conformas y vas tirando. Pero cuando volví por fin a Cornellá y me vi con ocho quilos de más, me preocupé demasiado. Me había descuidado tanto que hasta se me cayó bastante pelo.

Y esta es una historia demasiado larga como para meterla aquí, pero quién sabe si un día hago un vídeo para acabar de explicarlo mejor…

A lo que iba: me había abandonado mucho. Fue entonces cuando retomé el ejercicio físico y empecé a leer todo lo que caía en mis manos sobre nutrición y dietas de todo tipo. ¡A mí, que nunca me han gustado! Lo peor es que me creía todo lo que leía y llegué al grave error de ir al gimnasio cada mañana sin desayunar. No sé dónde leí que, si haces ejercicio en ayunas, tu cuerpo responde de manera más eficiente.

¿Sabes cómo respondió el mío después de varios días haciendo esto?

Pues recuerdo estar en una máquina del gimnasio con los auriculares puestos escuchando música cuando empecé a ver borroso. Me desvanecí. Lo siguiente fue verme en el suelo tumbada y con la marca de sudor a mi alrededor. Al contar las canciones que habían pasado en el móvil desde la última que recordaba haber escuchado, llegué a la conclusión de que estuve como nueve minutos allí tirada. Nadie me vio porque era muy temprano y estaba en una sala pequeña.

Ahí empezaba mi obsesión por el físico.

Seguí estando a tope con el gimnasio, también intentaba posturas de yoga en casa (aunque nunca más en ayunas) y continuaba con mis experimentos de comida sana. Además, por esas fechas yo ya llevaba un tiempo saliendo con Alex y esos cuatro meses fuera de casa me habían hecho pensar muchísimo sobre cómo quería llevar mi vida: necesitaba centrarme más en mí y en mi salud, comiendo sano y haciendo ejercicio, cosas que había dejado olvidadas desde hacía muchos meses.

Alex fue quien me convenció para abrirme una cuenta en Instagram.

Él hacía waterpolo y entre sus amigos lo usaban mucho. En mi grupo de la *uni* tampoco había nadie sin un perfil en esa red social, y la verdad es que me hacía gracia ver las fotos que subían de cenas o fiestas que hacíamos. Así que él insistió e insistió y al final yo caí en la tentación.

Pues bien, me creé esa cuenta, pero era privada, o sea, que solo la gente a la que yo daba permiso podía ver mis fotos. Me hacía gracia ver lo que subían mis amigos y comentar tonterías. Y empecé a publicar yo mis propias fotos. Si entras en mi cuenta de Instagram @paulagonu y bajas, bajas, bajas, bajas…

Y bajas.

Y sigues bajando.

Y bajas un poquito más…

Puedes ir a las primerísimas fotos de la historia de mi cuenta de Instagram.

Vale.

Acabo de bajar hasta el final. He tardado un rato largo, pero he llegado. La primera publicación es del 6 de octubre de 2013.

Y estoy enamorada de esa publicación. Si la encuentras, envíame algún pantallazo o publícalo etiquetándome, porque me hará ilusión saber que la has visto.

En fin, creo que la mejor manera de entender la evolución de todo esto es llegando hasta ese 6 de octubre de 2013 y subiendo luego hasta la foto más actual. Pero te voy a hacer un resumen:

Lo primero que vas a ver son fotos y vídeos míos en ropa de deporte, intentando posturas de yoga imposibles y ejercicios varios. También subía un montón de fotos en biquini o en bañador, porque eso de alguna manera me ayudaba a motivarme para seguir machacándome en el gimnasio. Y para seguir prohibiéndome mil cosas con el fin de no engordar ni un gramo. Y ya no era solo el físico, era más que nada el sentirme bien conmigo misma sabiendo que podía cumplir los retos que me proponía. No sé muy bien cómo explicarlo, pero era una manera de sentirme a gusto. De demostrarme que era capaz. La calidad de las fotos no me importaba porque no buscaba que gustasen a la gente, era simplemente como una especie de diario no escrito donde yo veía lo que iba mejorando cada día.

Tonterías.

Llegó el verano de 2014 y…

Hice pública la cuenta.

Empecé a interesarme mucho más por la fotografía. Seguía sin saber del tema (de hecho todavía a día de hoy me falta mucho por aprender), pero tenía mucha curiosidad.

Y fue como el pez que se muerde la cola: como mis fotos gustaban, más me lo curraba y más subía. Cuanto más bonitas conseguía hacerlas, a más gente le gustaban y más personas se iban uniendo… En esos momentos no me daba por pensar que detrás de aquellos *likes* había gente, con sus propios pensamientos y necesidades, con sus propias historias.

Mientras, yo seguía obsesionada con el ejercicio y el comer sano.

Tuve una idea.

De las peores ideas que podría haber tenido.

Una idea que, más tarde, me haría recapacitar...

¿Y si cuando me diera el antojo de cualquier alimento no muy sano lo masticaba y luego lo escupía? Lo pensé de forma racional y consciente: ¿para qué tragarlo, si masticarlo ya calmaría mi ansiedad?

Tonterías otra vez.

Lo hice durante una época y no me sentía mal por ello, pero sabía que nadie podía enterarse porque me dirían de todo y me caería una buena bronca.

Y este hecho de ocultarlo, en algún punto, me hizo sospechar que había algo que no estaba bien. Una tarde, se me ocurrió comentárselo muy de pasada a Alex, para ver cuál era su reacción. Dependiendo de lo que él hiciese o dijese, entendería la gravedad del asunto. Por la cara que puso y por lo que me dijo, ya me di cuenta de que estaba mal.

Muy mal.

Presta mucha atención a lo que te voy a decir ahora porque no me gustaría acabar este capítulo sin antes decirte que es una locura estar todo el día pendiente de lo que comes. Pendiente de lo que bebes. De las veces que caes o dejas de caer en tentaciones. Pendiente de si has bajado algunos gramos. Pendiente de si los has recuperado. Es una locura llegar a plantearte masticar sin tragar para no engordar. Es una locura pensar que eso te hará sentir mejor. Pensar que serás más feliz. Que los demás te querrán más.

Y es una locura lo mucho que te arrepientes luego. Lo mucho que te repites «¿por qué pensaba así?». Es una locura lo bonito que es ver que te valoran por lo que creas en tu cabeza. Por lo que haces con el corazón.

Y sí, releyendo estas últimas líneas me he dado cuenta de que este tema me pone demasiado cursi, así que deja que te lo resuma en otras palabras:

Ni se te ocurra pensar que tu físico será lo que atraiga a tu vida a las personas que valen la pena.

Que sí, que hay que hacer ejercicio y comer sano. Pero tu vida no puede convertirse en listas de alimentos prohibidos.

Que lo importante es tener salud, con los quilos que a tu cuerpo le apetezca.

Que nacimos para ser reales, no perfectos

Retomando mi historia:

No llegué a ir al psicólogo por ello, pero sí aprendí a relajarme un poco con todo ese tema de la alimentación y el ejercicio que tanto me obsesionaba y tan amargada me tenía. Mientras tanto, mi Instagram seguía creciendo y yo empecé a avergonzarme de que la gente solo me valorase por el físico. Porque eso era precisamente casi lo único que yo mostraba.

Y empecé a entender que detrás de aquellos comentarios, *likes* y mensajes había chicos y chicas reales, niños y niñas de carne y hueso para los que aquel estilo de vida podía ser muy tóxico y negativo.

Yo tenía mucho más que mostrar. Quería que aquellos que me seguían me conociesen como yo realmente era: con mis debilidades, mis inquietudes, todo. Y entonces creé el canal de YouTube.

Y aquí quiero que dejes por escrito eso que, cuando lo leas en un futuro, te hará sonreir.

Capítulo 21

Y EMPECÉ A COMPARTIR MI VIDA, PARTE DOS: YOUTUBE

El tema de los vídeos y la edición siempre me había gustado y me lo pasaba superbién aprendiendo nuevas cosas y viendo tutoriales en internet. A mí nadie me había enseñado a editar, pero probando y probando llegaba a hacer cosas de las que luego me sentía muy orgullosa. Algunas eran tonterías, pero ir de cero a esas tonterías, a mí me motivaba un montón.

Era la típica que, cuando íbamos de excursión con el cole, lo grababa todo y luego lo editaba con alguna canción guay. Después se lo enseñaba a mis amigos y ya. Cuando alguien cumplía años, le hacía un vídeo con recuerdos y frases… En fin, me encantaba pasarme horas delante de un ordenador haciendo todo eso, aunque luego lo fuesen a ver apenas cinco miembros de mi familia.

¿Por qué no hacer lo mismo, pero compartiéndolo con mucha más gente?

Todo el mundo respondió muy bien al canal de YouTube. De hecho, gracias a las redes sociales y a que comencé a mostrar mi lado más humano, empecé a recibir mensajes de personas que me seguían y se sentían identificadas conmigo por aquella obsesión que yo había tenido y por tener esas ganas de olvidar las preocupaciones causadas por el «qué dirán».

Todos, con vuestra propia historia, formáis parte de esto.

La relación con mis seguidores empezó a hacerse más personal y sentimental. Yo sentía que ellos, simplemente estando ahí, me ayudaban con un montón de cosas, incluso sin ser conscientes de ello. Me encantaba ver cómo apoyaban mi nuevo proyecto del canal y la ilusión que compartían conmigo. Y me hacía superfeliz ver que valoraban las horas detrás de cada vídeo y todo lo que yo tenía que ir aprendiendo sobre la marcha.

Estoy hablando en tercera persona del plural pero no dudes en saber que todo esto también va por ti.

Actualmente, no hay día en el que no sea consciente de que detrás de los comentarios, los *likes*, los números, etc., hay personas geniales, con familiares y amigos que os acompañan. Con vuestras historias.

Y empecé a llamaros personas.
Personas guapas.

Y aprendí...

- Ahora que he pasado mi etapa más complicada en este sentido, sé que el ejercicio físico, con moderación, es sano. Es necesario no abusar de tanta porquería y comer variado, pero tampoco es bueno prohibirnos cosas constantemente. Siempre respetando lo que es bueno o no para nuestra salud, la comida hay que disfrutarla y la vida, más

- Debemos cuidar lo que decimos de los demás. Si quieres resaltar el físico de alguien, que no sea diciendo «te ves delgada» o «has engordado». Prueba con «¡qué ojazos!» o «me encanta tu sonrisa». A veces no nos damos cuenta del daño que puede hacer un simple comentario. Y no sabemos qué hay tras alguien que ha engordado o adelgazado mucho de repente. Todos tenemos una historia detrás que nos hace ser como somos. Y nadie puede venir a juzgarnos por ello.

- Tener una vida pública puede hacerte sentir vulnerable porque estás en el punto de mira de mucha gente, pero...
¿Y si lo que quieres trasmitir es honesto?
¿Y si el objetivo con el que compartes tu vida es de corazón?

¿Y si hay personas disfrutando con ello?
¿O aprendiendo?
¿O reflexionando?
¿Y si hay personas con ganas de afrontar sus problemas gracias a los que tú has compartido? Pues es todo esto lo que, en mi caso, supera la privacidad de una vida anónima.

- Siento que un simple vídeo puede hacer reflexionar a personas, por muy pocas que sean. Que compartir mis buenos y malos momentos hace que otros se sientan identificados y se vean capaces de superar sus miedos.

- El uso de las redes sociales puede ser muy controvertido, y seguro que a más de un padre le ha dado dolores de cabeza. Pero son otra herramienta más que hay que aprender a utilizar, es el uso que se les dé lo que hará que te afecte de mejor o peor forma.

Capítulo 22

PERSONAS GUAPAS

«¿Cómo es posible que tu cuenta de Instagram haya crecido tanto en tan poco tiempo?».

Es una pregunta que me han repetido en varias ocasiones y a la que no sé dar respuesta. En mayo de 2016 celebramos los cincuenta mil seguidores y justo un año después, en mayo de 2017, estábamos gritando como locos por el millón.

Esto implica cambios en la vida diaria de cualquier persona. Lo vas notando poco a poco: un domingo escuchas tu nombre en la calle, al siguiente fin de semana te miran y cuchichean mucho entre sí, y al mes te para una persona para pedirte una foto. Todo era muy con cuentagotas y por zonas muy concretas, donde suele estar la gente de la edad de mis seguidores. Pero poco después volvía a esos lugares y ya no era solo una persona, sino un grupito. Más tarde, aquel grupito se convertía en varios grupos grandes. Y, al poco tiempo, supe que había sitios a los que no podía ir si tenía prisa.

Creo que es el momento de daros las gracias por todas esas veces que os acercáis a saludarme, a decirme que os gusta lo que hago, que os reís con mis vídeos... Que disfrutáis conmigo. Soy feliz poniéndoos cara y viendo vuestros rostros de felicidad mientras me abrazáis o me saludáis a lo lejos. Estoy 100% segura de que mi cara, en esos instantes, refleja lo mismo.

Y sí, antes he hablado en tercera persona del plural porque intuyo que esta parte también la leerán padres o personas que, sin considerarse fans, están interesadas en mis pensamientos sobre este tema.

No soy cantante ni nadie que destaque por hacer algún tipo de arte, por lo que me sorprende el fenómeno fan. Porque, además, yo siento que me tratan como a una amiga. Y es raro, porque no conozco a cada uno de mis seguidores y, sin embargo, sí sé muchas cosas que les gustan. En realidad, es fácil: si me siguen es porque tenemos algo en común. A lo mejor no a todos les gusta la música que yo escucho, pero seguro que les gusta alguna otra cosa que hago. O cabe la posibilidad, incluso, de que no les guste nada de lo que a mí me encanta, pero que sí disfruten con mi manera de compartirlo y vivirlo.

Digamos que, aunque no los conozca personalmente, mis seguidores no son alguien desconocido para mí.

Trabajar con tu pareja no es fácil.

Al poco tiempo de que la rueda comenzase a girar, me contactaron diversas marcas para hacer colaboraciones y el único requisito que me pedían era seguir haciendo lo que yo ya hacía.

¿De verdad que eso era trabajar?

Parece idílico: poder vivir de algo que te encanta y que no sientes como trabajo. Y así es, porque me gusta mucho lo que hago, adoro la edición de vídeos y expresarme delante de la pantalla sabiendo que hay personas detrás, personas guapas, disfrutando conmigo. Al principio era algo que podía compaginar con el trabajo habitual, pero llegó un momento en el que lo tuve que dejar, para volcarme de lleno en mi propio proyecto.

¿Recuerdas el capítulo de «Ahorrar, ahorrar y ahorrar»? Ahí te conté que dejé mi último trabajo, que me fui. Pues bien, este era el motivo.

Los meses antes de renunciar fueron una locura. Recuerdo que me despertaba a las 7h para estar en la oficina a las 8h. Hacía mi jornada laboral de 8 horas y llegaba a casa por la tarde.

Nada más llegar, me sentaba con una libreta a apuntar ideas y, cuando alguna me convencía, me levantaba y empezaba a preparar la cámara para ponerme a grabar. Editaba por las noches o los fines de semana y, claro, tenía mi vida olvidada. Casi no comía, ni dormía. Y, ya lo estarás dando por hecho, no me relacionaba con nadie.

Aquella decisión me costó mucho, demasiado. Semanas. No sabía cómo decir que dejaba aquel puesto. Me daba mucha vergüenza porque, además, no tenía ni idea de qué explicar o qué razones dar.

«Quiero dedicar más tiempo a subir vídeos a internet».

«Necesito volcarme más en el contenido que me gusta crear para las redes sociales».

«Tengo que hacer un "Expectations VS Reality" y no llego a todo».

«No me voy a ninguna otra empresa, me voy a las redes sociales».

«Las personas me están reclamando un "Room Tour" y no puedo fallarles».

«Es que mañana empiezo a grabar el "15 cosas absurdas que todos hacemos" y necesito cinco días para ir a filmar a diferentes localizaciones».

También fue difícil explicárselo a mis padres y seguro que puedes imaginarte el porqué.

Ahora mismo recuerdo el momento en el que entré al despacho de mi jefe para decirle que me iba, y sé que, de no haber sucedido, yo ahora no estaría escribiendo este libro.

Después de dar el paso, necesitaba alguien que me ayudara en todo esto, porque yo sola ya no podía.

Y entonces se vino el Ales conmigo, a ayudarme a gestionarlo todo.

¿Quién mejor que él, que me conoce a la perfección?

Además, al contrario de lo que ha pasado en otros casos de gente que se ha hecho conocida y las respectivas parejas no lo han aguantado, él ha sabido adaptarse bien. Lo hemos vivido los dos de la mano desde el principio. Es más, no habría llegado hasta aquí sin él, porque él fue quien me animó a dar el paso de dejar mi último trabajo. Ahora que lo pienso, me ha animado a tomar cada una de las decisiones más importantes de la última etapa de mi vida...

Pero aquí es cuando viene lo bueno: pareja-vida laboral... ¡Uff! Vivir de las redes sociales, en cualquiera de sus ámbitos, implica que la línea que separa tu vida personal de tu vida laboral es tan fina que a veces hasta cuesta verla, al menos en mi caso. Y si, además, trabajas con tu pareja, significa que estáis las veinticuatro horas del día juntos.

Lo profesional lo llevamos a lo personal y nos matamos varias veces por semana. Se nos hace obligatorio cambiar de chip y buscar momentos para estar solo los dos, hacer cosas de novios, como ir al cine juntos sin pensar en nada más. Tampoco se me debe olvidar que, de vez en cuando, necesito espacio para mí misma y descansar en solitario. Y lo mismo le pasa a él.

Lo bueno es que ha vivido toda esta historia a mi lado, desde el principio, y sabe cómo era yo antes de ser conocida en las redes.

Es bastante más tímido que yo, así que no me hacía mucho caso cuando, al principio, le pedía que saliese conmigo en algún vídeo. Pero acabó entendiendo que es alguien muy importante en mi vida y así quiero que se refleje. Y sí, ahora incluso le gusta.

«Trabajas haciendo *stories* desde tu casa».

Por lo general, la gente que opina así (o cosas similares) no es consciente de la cantidad de trabajo que hay detrás de todo esto y, por lo tanto, cuando compartes tus penas, algunos a veces no te entienden.

Cuesta explicarlo, porque en absoluto quiero quejarme. Me siento muy afortunada por lo que estoy viviendo, pero hay días en los que también tengo mis bajones. Porque no todo sale siempre bien. Soy muy exigente, me frustro con bastante frecuencia y muchas de esas situaciones jamás llegarán a ver la luz en las redes sociales. Aun así, soy feliz con lo que hago y lo realizo con todas las ganas del mundo. Antes me levantaba a las cinco de la mañana para ir a trabajar como azafata, y ahora quizás haya días que me acueste a esa hora…, porque estoy editando. Al final, es otro trabajo.

Y, como en cualquier trabajo, hay muchas personas que lo desarrollan de diferente manera. Por eso, no me gusta que se hable de *youtubers* e *influencers* como si fuera gente que vive de no hacer nada. Porque, como en cualquier profesión, no todo el mundo trabaja de la misma forma. Y, además, lo que a ti no te gusta, puede estar entreteniendo muchísimo a otros.

De hecho, ni siquiera me gusta la palabra 'influencer'. Creo que estamos rodeados de personas que nos influencian día a día, como por ejemplo actores, políticos, profesores, deportistas… Y a ellos no se les llama de esta manera.

Por cierto, parece mentira que estemos a punto de acabar este libro, tú de leerlo y yo de escribirlo.

Pero aún queda uno de los capítulos más importantes, así que, sigamos.

personas guapas

Entiendo que es un trabajo nuevo, que muchos ni siquiera lo consideran trabajo, por el hecho de verlo fácil. Hay mucho desconocimiento al respecto y ni siquiera yo entiendo muy bien todo lo que envuelve este fenómeno de las redes sociales.

Pero una cosa tengo clara: y es que disfruto grabando y editando mis vídeos. Disfruto pensando las ideas, las localizaciones, los temas. Disfruto aprendiendo sobre cámaras e iluminación. Disfruto preparando todo ese contenido con la intención de entretener a las personas que más adelante lo vayan a ver. Y disfruto con la respuesta de esas personas después de verlo. Porque hacen que ese tiempo y ese esfuerzo valgan la pena.

Y aprendí...

- Trabajar con Alex tiene peligro porque, sin quererlo, en nuestro día a día laboral (o sea, las veinticuatro horas) podemos olvidarnos el uno del otro como pareja. Tenemos que frenar de vez en cuando y recordarnos que somos novios. Que hay mucho más allá detrás de todo esto.

- De mi exposición pública y el alcance que puede tener, sigo aprendiendo y sorprendiéndome gratamente cada día. Todavía me faltan muchas cosas por saber y otras tantas por mostrar.

- ¿Y si, finalmente, hubiese estudiado Medicina en lugar de Publicidad? ¿Hubiera estado con Alex? ¿Habría tenido Instagram? Y en caso afirmativo, ¿con tanta repercusión? La reflexión que saco de mi nueva vida es que jamás podría haberla imaginado tal cual la estoy viviendo ahora. Por eso, lo que tenga que ser, será. Hay que ir poco a poco, pero, sobre todo, disfrutar mientras vas.

GRACIAS

Pues que no me lo creo. No me creo que esté escribiendo ya el último capítulo de este libro, mi primer libro.

Ha sido una gran experiencia, una de las más importantes de mi vida. Pensándolo bien, si tuviese que escribir un libro así ahora, tendría que dedicar un capítulo entero a hablar sobre cómo fue la vez que escribí mi primer libro.

Porque las páginas que cuentan las experiencias más significativas de mi vida son, en sí mismas, una de esas experiencias.

Al principio de todo esto te dije...

«Creo que así vas a poder saber mucho más sobre mí».

Y espero que así haya sido. Que, después de todas estas palabras, me conozcas más a mí y a quienes en su día fueron responsables de que yo hoy sea como soy.

A Hetch y a su familia del Sahara, por hacer que viniese y, así, que yo pudiera conocerla. A su familia de acogida, por acogerla. Gracias, Hetch, por enseñarme que no hace falta hablar un mismo idioma para compartir las mejores vivencias de un verano.

A mi abuelo. Porque los momentos a su lado son de los más felices que recuerdo de toda mi infancia. Por enseñarme que hay que valorar lo que tenemos y trabajar por lo que queremos. Por ser el mayor ejemplo de humildad que he conocido. Por ser ese mejor amigo que nació en 1916. Por enseñarme a echar de menos. Por brillar desde el cielo.

A mi abuela. Por hacerse querer aun sin haberla conocido. Por el pedigrí. Por ser la responsable de la familia que tengo ahora.

Gracias a ese juez de Ucrania que permitió que mis padres volviesen ocupando un asiento más en el avión.

A mi hermano. Por aparecer cuando yo más le necesitaba. Aun sin él saberlo. Por quererme tanto. Por dejarme quererle tanto. Y por aguantarme y demostrarme que no hacen falta nueve meses para sentir que lo harías todo por una persona.

A los que entienden que todos somos diferentes. Que antes de juzgar y poner en una situación incómoda a alguien, hay que saber la historia que hay detrás.

Gracias a mi familia. Por serlo. Por demostrarme que da igual lo lejos que estemos. Por hacerme saber que están ahí para lo que necesite. Por enseñarme que no hacen falta grandes excusas para juntarnos de vez en cuando. Que querer juntarnos es la mejor excusa de todas.

Gracias a los que no participan en juegos de hadas. A los que se acercan al tímido de la clase para hacerle sentir uno más. Gracias a los que no se callan porque saben que no callando están ayudando a alguien.

Gracias a todos los que formasteis parte de mi vida durante los años en el colegio alemán. Profesores y compañeros de clase.

Por dejarme claro que da igual de dónde vengamos, que lo que importa es dónde queremos estar. Y con quién. Por hacerme sentir una más. Gracias por ser los culpables de que yo ahora mismo tenga tantos bonitos recuerdos de aquella época. Gracias por dar la razón a mi madre, porque me quisisteis por quien yo era.

Gracias a mi madre, por aficionarme a viajar y a compartir. Compartir habitaciones y conversaciones con personas de otras culturas. Gracias por regalarme esa curiosidad por conocer mundo. Y por esos tantos «no» que hicieron que yo jamás olvidase de dónde venía.

Gracias a mi tío Juan Carlos por haberme ascendido la categoría familiar a sobrina. Por haber sido como un hermano para mi padre. Por contagiarme esas ganas de devorar libros y por ayudarme a forrarlos con páginas de revistas. Gracias por aquella bici, aquel agosto y todos mis cumpleaños y los de mi hermano a nuestro lado. Por enseñarme a echar de menos de una forma distinta. Gracias por brillar desde el cielo junto a mi abuelo.

Gracias a mi padre, por haberme cantado tantas noches antes de ir a dormir. Por hacerse querer tanto sin querer. Por enseñarme lo duro y bonito que es amar y cuidar a alguien que lleva diez años en una cama sin reconocerte.

Gracias a mi abuela, por hacer un esfuerzo enorme en hablarme con los ojos cada vez que me ponía a bailar delante de ella. Por hacerse entender para que no sufriésemos. Por haberme enseñado a valorar más cada instante. Por sonreír aquel 25 de mayo.

Gracias a Nahali y a todas las personas que se cruzaron en mi camino durante aquellas semanas en la India. Desde mis compañeros del cole, por contar conmigo para aquella experiencia, hasta las enfermeras del hospital. Pasando por todos los voluntarios que ayudaron a detectar que a Nahali le hacía feliz que le tocasen el pelo. Y a todas esas personas que viajaron hasta allí convencidas de que, gracias a su ayuda, habría quien notaría un cambio en sus vidas, por minúsculo que fuese.

Gracias a los errores que cometí y a los que cometieron conmigo. Porque de ellos he aprendido a querer mejor. Gracias a quien compartió conmigo esos años de entender qué es el amor.

Gracias a todas las personas que han compartido noches de frío en puertas de restaurantes, salas de conferencias, *stands* de ferias, descansos al sol en bancos escondidos, broncas por llegar tarde y alegrías por poder salir antes.

Gracias a los que se pararon a escucharme, aun teniendo ya la tarjeta de cliente. A los que me sonreían y agradecían, aunque fuese con un pequeño movimiento de cabeza, al pasar por la puerta que yo estaba sujetando. Gracias a los que respetan el trabajo de los demás, por más o menos digno que parezca.

Gracias a la persona que lo cambió todo. La que ahora está durmiendo a mi lado mientras escribo esto. Por quererme como soy y quererme tanto. Gracias por compartir conmigo y dejarme hacer lo mismo contigo. Por haberme convertido en tu familia y formar parte de la mía. Te quiero. No solo dar las gracias.

Y, de verdad, muchas gracias a vosotros. Por hacer que aquella decisión de volcarme al completo con todo esto haya acabado valiendo mucho la pena. Gracias por estar ahí, siempre, apoyándome en lo que me propongo y alegrándoos por lo que vamos consiguiendo.

No hace ni dos años que abrí el canal de YouTube. Afónica perdida y con una gripe terrible. Pero ese tenía que ser el día. No podía ser otro. Poco a poco os habéis ido sumando a esta aventura y yo no sé qué palabras utilizar para explicaros lo que pienso y siento.

Gracias a los que lleváis desde el primer día. A los que lleváis dos horas. A los que no estáis, pero veis mis vídeos obligados por vuestros amigos. Gracias a los padres que, sin saber quién soy, acompañáis a vuestros hijos a conocerme. Gracias a los que hacéis las colas y a los que preferiríais hacer algo diferente, pero os sentáis a verme en familia.

Gracias a los que respetáis opiniones.

A los que entendéis que hay muchísimas cosas mucho más importantes que van por delante de ideologías, creencias y pensamientos de cualquier tipo.

Me pone muy contenta ver que eso que tenemos en común, aparte de los vídeos, las fotos y los gustos musicales (que a veces, ni eso), es el respeto, la educación y dos sentidos muy importantes: el común y el del humor.

Gracias por haber dedicado algo irrecuperable, como es el tiempo, a leer todas estas páginas.

Porque en esos momentos en los que, mientras leías, has reflexionado y recordado, has estado haciendo que escribir este libro haya merecido la pena.

Por demostrarme que no hace falta ver a alguien para poder quererle.

Gracias por hacerme sentir tan orgullosa de esto y por haceros llamar personasguapas.

De verdad, gracias.